# Samtcord, Strass & Soundgewitter

Danke für die Geduld: Beate Wolf
Danke fürs Lesen: Michael Schmidt
Danke für die Fotos: Volker Beushausen
(www.beushausenbild.de)

Ulli Engelbrecht

# Samtcord, Strass & Soundgewitter

Rockstories

Viel Spaß beim Rücksturz!
Ulli Engelbrecht
19.11.2010

**Bibliografische Information der Deutschen Nationalbibliothek**
Die Deutsche Nationalbibliothek verzeichnet diese Publikation in der Deutschen Nationalbibliografie; detaillierte bibliografische Daten sind im Internet über http://dnb.d-nb.de abrufbar.


Umschlagdesign, Satz, Herstellung und Verlag:
Books on Demand GmbH, Norderstedt
ISBN 978-3-8391-7341-1

# Inhalt

# Vorwort

Dieses Buch lädt ein zu einer Zeitreise in die 1970er- und 1980er-Jahre. Es berichtet über Bands und Begegnungen, beschreibt Entdeckungen und Emotionen und erzählt von den Klangfarben jener Dekaden, die von aufregend neuen Sounds wie Beatmusik, Psychedelic-Music, Bubble-Gum-Pop, Motown-Sounds, Power-Pop, Latin-Rock, Fusion-Rock und so vielem mehr geprägt waren.

Die musikalisch umrahmten Lebensgefühle von Gestern aus der Sicht von Heute erwachsen dabei allesamt aus einem ganz persönlichen Blick. Ich habe den Rücksturz gewagt, meinen Gedankenschrott sorgfältig sortiert und als handliche Lese-Häppchen aufbereitet.

Die eigenen Geschichten sind so, oder so ähnlich, auch immer die Geschichten der anderen. Man war schließlich nie allein, wenn Platten von Jethro Tull, The Police oder Bruce Springsteen abgespielt, wenn Videos von Ina Deter, Madonna oder Talk Talk angesehen oder Konzerte und Festivals besucht wurden.

Wie oft erlebe ich Menschen, die mit einem erregtfreudigen »Ach, hör' mal ...!« den Lautstärkeregler am Radio hochdrehen, wenn ein Song aus »ihren« Jahren urplötzlich in die Gegenwart katapultiert wird. Oder auch dies: Man nenne in geselliger Runde nur einen Bandnamen aus jenen Epochen und schon macht das Gehirn eine Rolle rückwärts und alles dass, was man an Ereignissen, Erlebnissen und Episoden verdrängt, verloren oder vergessen geglaubt hat, sprudelt nun ungefiltert heraus: »Mensch, weißt du noch ...!«

Für mich waren jene zwei Jahrzehnte prägend; mit der bunt schillernden Rockmusik dieser Zeit zwischen Interrail und Seniorenpass, eben der Phase zwischen Pubertät und Erwachsenwerden, bin ich groß geworden und war mittendrin und ließ mich, wie viele Pickelgesichter meiner Generation, während der Selbstfindung von Samtcord, Strass & Soundgewitter umwehen.

Ein Hinweis für strenge Kritiker: Das Buch ist kein Nachschlagewerk, es beinhaltet keine lexikalische Sachlichkeit, und sicherlich fehlen auch die wichtigsten Bands der Welt oder sie sind nur beiläufig erwähnt, ebenso wie die wichtigsten Musikstile und überhaupt: das ist doch alles nur kalter Kaffee … Klar doch, aber sich der sentimentalen Erinnerung hinzugeben, macht enorm viel Spaß.

Und Spaß, liebe Leserin und lieber Leser, wünsche ich dir von ganzem Herzen.

Rock rules!

*Ulli Engelbrecht, Oktober 2009*
*www.ulli-engelbrecht.de*

# So fängt es meistens an

## In Musik getauchte Momente

Ich sitze am Küchentisch bei geöffneter Balkontür,
blicke auf den Hof mit den hohen Mauern drumherum,
verbaue einen langweiligen Nachmittag
eher lustlos zu einem rotweißblauen Legostein-Haus.
Kunterbunte Geborgenheit,
mit einem großen Zimmer für mich allein,
das ich als zehnjähriger Steppke in Wirklichkeit nicht habe.
Angetrieben von dieser Melodie, von diesem Lied:
*Penny Lane.*
Sicherlich auch so eine öde Straße,
wie die, in der ich wohne.
Aber die Melodie gibt ihr etwas Erhabenes, Sinnliches.

Es trifft dich in solchen Momenten,
wo du nichts weiter denkst,
oder beim Spielen mit irgendwas oder vielleicht beim
Regentropfen zählen,
du summst mit und wirst ungewollt eins mit den Tönen,
saugst das Vordergründige auf,
den Rhythmus, das bisher Unerhörte.
Und am Abend heimliche Blicke durch den Türspalt wagen,
weil das Fernsehen läuft
und dramatische Klänge aussendet,
die taktweise zum Abenteuer rufen,
zum Krimi, zur Show
– verheißungsvolle Melodiefetzen auf jeden Fall,
mit denen du dich dann im Schlaf wohlig zudeckst.

Ich weiß auch noch dies:
das Radio von meinem Bruder nebenan,
lärmend, Radio Luxemburg auf Mittelwelle;
hohl tönende Worte,
als würdest du in eine Konservendose sprechen.
Dazwischen die Hits:
*Dandy, I'm A Believer, Dear Mrs. Applebee,*
*Puppet On A String* –
blechern klingende Pop-Miniaturen,
auch noch zusätzlich
von überlagerten Funkwellen gepeinigt,
die an ihnen zerren, immer verrauscht
und trotzdem wunderbar.
So zwängen sich die Lieder
aus dem Transistor, umgarnen mich
und ich lasse sie zu und sie dringen
sofort in meine Gedankenwelt,
um sich auf ewig darin einzubrennen.

Als kleiner Mensch wertest du nichts,
weil Musik für dich noch unschuldig ist,
deshalb lässt du dich von den Stromschnellen
in den Klangflüssen,
gleich, wer sie angelegt hat, mitreissen,
ohne Angst vorm Ertrinken.
Im Gegenteil: du nutzt die Chance, du traust dich,
du schwimmst dich dabei frei,
und bist offen für den *Freischütz*
in der Schule, als Beispiel.
Oder für Frohsinnsfanfaren wie
*Humba Humba Täterä* – auch sowas, klar.

In Musik getauchte Momente sind packend,
sind überwältigend, sind exemplarisch.
Gehören sie doch dir allein,
und du kannst damit machen, was du willst.

So fängt es meistens an.

# Komischer Glanz in Mädchen-Augen

## Lagerfeuer, Kirchenlieder und die Lords im Möbelhaus

Ich war Messdiener. Und damit in einer exponierten Position. Jedenfalls dann, wenn man Talent zeigte. Es war der Vikar, der mir meine erste Gitarre schenkte, weil ihn meine Gesangskünste überzeugten, die ich höchst eindrucksvoll im Sternsinger-Trio Caspar, Melchior und Balthasar unter Beweis stellte. Ich war der Melchior, und bei der Heiligen-Drei-Könige-Tournee durch die Krankenhäuser der Stadt kam ich mit meiner Stimme immer am besten an. Sowas spricht sich schnell herum. Und da der Mann des Glaubens der Meinung war, dass zum Gesang eine Gitarre ganz gut passt und dass ich bei unseren Jugendfreizeiten in Gerleve, Hausdülmen oder Kalterherberg die lauschigen Stunden am nächtlichen Lagerfeuer musikalisch gestalten sollte, fanden somit die ersten Übungsstunden in den Armen der Kirche statt, und zwar im Weiterbildungszentrum »Mütterschule«.

Ich lernte schnell und es folgten äußerst erfolgreiche Zeiten, die ich mir mit Liedern wie *Hohe Tannen weisen die Sterne*, *Wenn die bunten Fahnen wehen*, *Wir wollen zu Land ausfahren* oder – der Hit zu jener Zeit – *Die Wissenschaft hat festgestellt* … erspielte. Die Mädchen wurden an jenen Abenden in der Fremde immer ganz still, hörten auf zu gibbeln, legten ihr Kinn auf die angezogenen Knie, lauschten oder sangen mit und eine guckte mich an und hatte dabei so einen komischen Glanz in den Augen und legte mir verstohlen ein Gänseblümchensträußchen auf mein Liederbuch »Die Mundorgel«.

Damals war ich elf Jahre alt und konnte diese Geste noch gar nicht richtig deuten. Mit Mädchen hatte ich schließlich sehr wenig zu tun, wuchs ich doch in einer reinen Jungen-Gesellschaft auf: Gymnasium für Jungs, Messdienergruppe für Jungs, Gitarrengruppe für Jungs. Bei den Jugendfahrten war das nicht anders, obwohl Mädchen aus den Nachbargemeinden mit dabei waren. Getrennt frühstücken, gemeinsam beten und die weitere Freizeitgestaltung wurde ebenfalls geschlechtsspezifisch organisiert. Wie soll man sich da kennenlernen? Die Abende am Lagerfeuer waren ebenfalls zu kurz dafür.

Bei uns in der Straße, wo ich wohnte, spielte ich nachmittags meist mit Jungs. Aber ab und an auch mit Mädchen. Es gab da im Hinterhof des gegenüberliegenden Hauses ein Möbellager mit einer großen Verladerampe, an der ausrangierte Sofas, Schränke, Küchentische, Matratzen, Decken und so weiter gestapelt wurden. Das war unser Abenteuerspielplatz. Diese Sachen stellten wir gerne um, bauten uns daraus Höhlen, in die keiner reingucken konnte. Da hockten wir gerne im Regen drin, spielten stundenlang Autoquartett. Die Mädchen tauschten meist Glanzbilder, die sie in Zigarrenkisten sammelten. Manchmal aber waren uns Autoquartett und Glanzbilder egal. Dann zeigten wir Jungs den Mädchen, was uns zu Jungs machte und die Mädchen glucksten zunächst, waren dann aber genau so mutig wie wir. Wir haben uns auch gegenseitig angefasst. Das war besonders aufregend, weil wir etwas taten, was wir nicht tun durften. So begann ein erstes, eher wissenschaftliches Interesse fürs andere Geschlecht. Immerhin.

Dass Musik und Mädchen offensichtlich zusammen gehören, erlebte ich noch im gleichen Jahr bei meinem ersten Pop-Konzertbesuch, als ich hautnah die Topband Deutschlands erleben durfte, die Lords. Zunächst aber führte mich mein Weg dorthin über das lateinisch zu sprechende Stufengebet in den einsamen, donnerstagmorgendlichen Sechs-Uhr-Messen in der Krankenhaus-Kapelle vor einer Hand voll Nonnen und dem etwas lockeren Dienen in den Beat-Messen am Sonntag um 9 Uhr in der rappelvollen Propstei-Kirche. In der berühmten Herrgottsfrühe saugte ich die vom noch schlaftrunkenen Organisten so wunderschön gespielten Melodien wie *O Haupt voll Blut und Wunden* auf, am Sonntag setzten sich solche Lieder wie *House Of The Rising Sun* fest, wenngleich sie von der Band mit Schlagzeug und drei Gitarren (einen Bass hatten sie nicht) nicht so schön gespielt, sondern eher unrhythmisch, leicht verstimmt und auch gesanglich schief dargeboten wurden.

Beim letzten Weihnachtsfest hatte ich ein neuartiges flötenähnliches Musikinstrument geschenkt bekommen. Die Hohner-Melodica verfügte über große Tasten wie bei einer Orgel, besass einen Tonumfang von über zwei Oktaven und – das war der Clou – war zusätzlich mit einem Plastikschlauch, der auf das Mundstück aufgesetzt wurde, bespielbar. Dazu gab es eine Plastikauflage, auf die man die Melodica legen und sich in der Illusion wiegen konnte, dass man tatsächlich ein richtige Orgel spielen würde. Ich war begeistert und legte auch sofort los.

Ich übte die Kirchenlieder aus dem Gesangbuch solange, bis sie fehlerfrei saßen und ich mir damit bei meinen Vorführungen im Rahmen diverser Familientreffen allerlei Lob einfahren konnte. Dass die weiblichen Mitglieder der Familie dabei so einen komischen Glanz in den Augen hatten und mich anschließend etwas zuvorkommender behandelten, mir zum Beispiel ungefragt ihren Nachtisch gaben, war mir schon aufgefallen.

Parallel zur Gesangbuch-Phase folgte der Wechsel ins Beatfach – und ich griff nun öfters mal in den Schallplattenstapel, den mein großer Bruder angesammelt hatte. Spirituals waren dabei, Gospels, aber auch Songs wie *When A Man Loves A Woman* von Sam & Dave und *Wonderful World* von Sam Cooke, *Massachusetts* von den Bee Gees, *Penny Lane* von den Beatles und so viele andere. Es fiel mir nicht schwer, mich in die einfachen Melodien hineinzudenken und sie zur Platte mitzuspielen. Ich wollte aber auch zum Instrument singen, schließlich mochte man ja meine Stimme. Mit der Melodica zusammen ging das aber nicht. Und Gitarre und Melodica gleichzeitig ging erst recht nicht. Ein Teufelskreis.

Wiedermal stand ein Familientreffen an und wiedermal war klar, dass ich im Kreise der Lieben mit der Melodica konzertieren würde. Diesmal allerdings mit einem Mix aus Kirchenliedern und Beatmusik. Auf *Großer Gott wir loben dich* folgte *She Loves You* folgte *Lobet den Herren den mächtigen König der Ehre* folgte *Sunny Afternoon* und ein gewagtes, eigenes Arrangement, zusammengesetzt aus *O Heiland reiß' die Himmel auf* und *Satisfaction*. Das Stück kam wider Erwarten gut an. Ob ich jetzt auch noch Gitarre spielen sollte, fragte ich. Sollte ich aber nicht. Dafür erzählte Onkel Gerd nun von dem Möbelhaus, in dem er arbeitete, und dass man in Kürze eine Filiale eröffnen würde, und dass man dafür die Topband Deutschlands verpflichtet hätte zu spielen, die Lords.

Mein großer Bruder ließ vor Überraschung den Kuchen fallen, offenbar kannte er die Band aus dieser neuen Jugendsendung im Fernsehen, dem Beat-Club, den er sich Samstag nachmittags hin und wieder anschaute. »Die kenne ich aus dem Beat-Club«, sagte er stolz und unsere Mutter schüttelte nur den Kopf. Ich fragte meinen Bruder, ob er eine Platte von den Lords besässe. Nein, die habe er nicht, aber er würde sehr gerne zur Eröffnung gehen. Ich fragte, ob ich wohl auch mitkommen dürfte. Ihr spinnt ja, sagte unsere Mutter, und Onkel Gerd sagte nur, lass' mal die beiden mitkommen, ich passe schon auf.

Das Möbelgeschäft verfügte über einen geräumigen Passageneingang mit einem flachen Vordach. Und da oben drauf sollten die Lords spielen. Als wir ankamen, war der Platz vor dem Vordach pickepackevoll mit Menschen, überwiegend waren es aufgeregt herumhopsende Mädchen mit ihren Cliquen. Alle natürlich viel älter als ich. Wir quetschten uns an den warmen Leibern entlang zur Eingangstür, die unser Onkel schnell wieder schloss, nachdem er uns eingelassen hatte. Wir setzten uns in die schicken, mit leuchtend rotem Samtcord bezogenen Couchsessel, die aussahen wie Cocktailgläser ohne Stiel, und warteten. Um aufs Dach zu gelangen, mussten die fünf Musiker an uns vorbei. Die Zeit bis dahin vertrieben mein Bruder und ich uns damit, durch die Schaufensterscheiben den Mädchen zuzuschauen, die alle so einen komischen Glanz in den Augen hatten und irgendetwas in weißen Umschlägen bei sich trugen, und die immer zahlreicher und auch immer lauter wurden: »Lords! – Lords! – Lords!« hörten wir sie schreien.

Plötzlich öffnete sich hinter unserem Rücken eine Tür – und da kamen sie: Blond-goldig bis dunkel-goldig schimmerten die nackenlangen Prinz-Eisenherz-Frisuren, die sich kaum von der Haarpracht der Mädchen da draußen unterschieden, wenn man mal die breiten Backenkoteletten außer Acht ließ. Die Lords waren ebenfalls viel älter als ich, sogar älter als mein großer Bruder, sicherlich schon weit über zwanzig.

Und sie rochen so eigenartig, etwas muffig, so wie mein Opa, wenn er sonntags seinen guten Anzug trug. Jeder Lord sah aus wie der andere, jeder trug eine engsitzende schwarze Bügelfaltenhose, dazu eine schwarze Weste mit Uhrkette und blütenweiße Rüschenhemden mit Pumpärmeln. Das sah sehr feierlich aus. Nur dieser penetrante Geruch nach Mottenkugeln störte ein wenig das aristokratische Bild. Die lautstarken Lords-Schreie draußen wurden nun von einem ohrenbetäubenden Lords-Kreischgewitter überlagert, als die Fünf oben auf dem Dach endlich ihre Instrumente umschnallten und loslegten. Ich huschte schnell hinaus vor die Tür.

Ich kannte natürlich keines der Lieder, war aber ungemein beeindruckt von den Melodien und davon, wie die Lords sie spielten: nämlich laut. Die Musiker standen auch nicht starr da, wie die Band in der Beatmesse, sondern sie bewegten sich: Gitarrenhals noch oben recken, Gitarrenhals nach unten strecken, Tanzschritt nach rechts, Tanzschritt nach links, rechten Fuß heben, linken Fuß heben, dann eine leichte Drehung und wieder Gitarrenhals noch oben recken, Gitarrenhals nach unten strecken und so weiter. Und das alles passte exakt mit dem vorgegebenen Rhythmus des Schlagzeugspielers zusammen und mit den Abschlägen auf der Gitarre.

Ich wippte mit dem Fuß, ich wippte mit dem Kopf, stand da als kleiner Bengel und bewegte mich so, als hätte ich nie etwas anderes in meinem noch jungen Leben getan. Mir gefielen die Lieder, weil sie zum Teil wie Kirchenlieder klangen oder wie die Spirituals auf den Platten meines Bruders. Und dann hörte ich ein Lied, das wir auch schon am Lagerfeuer gesungen hatten, nämlich *John Brown's Body.*

Nach einer Dreiviertelstunde war Schluss. Es gab noch eine Zugabe, sicherlich den aktuellen Hit der Lords, denn das Kreischen war nun so extrem laut, dass man das Lied kaum noch hören konnte. Dann sagte der Sänger der Lords sowas wie »Danke« und »Es war schön mit euch«, dann verbeugten sich die Fünf und verschwanden vom Dach. Ich schaffte es mit großen Mühen zurück ins Geschäft, denn die nun rotbackigen und vom Hüpfen verschwitzten Mädchen drängten lautstark zum Eingang.

Die Lords packten bereits lachend Autogrammkarten aus und gingen, einer nach dem anderen, mutig vor die Tür. Sofort wurden sie wild umringt: Mädchen zupften Hemden, Mädchen wollten küssen, Mädchen zerrten an Uhrketten, Mädchen rissen ihnen die Karten aus den Händen. Der Rummel dauerte vielleicht eine Viertelstunde, dann ebbte er ab. Die meisten Mädchen hatten bekommen, was sie wollten und zogen mit ihren Cliquen nun glücklich davon.

Eine Hand voll von denen, die den Musikern die Umschläge zustecken konnten, durften mit den Lords zurück ins Geschäft und man setzte sich entspannt in eine froschgrüne Wohnlandschaft und trank den von meinem Onkel bereitgestellten Sekt. Die Musiker waren gut gelaunt, freuten sich über die Krawattennadeln, Manschettenknöpfe oder die selbst gemalten Lords-Bildchen, die in den Umschlägen steckten, machten Witze und die Mädchen lachten und hatten dabei so einen komischen Glanz in den Augen.

Das Möbellager wurde kurz danach aufgelöst und wir verlegten unseren Spielplatz an den nahe gelegten Bahndamm, der wegen seines üppigen Strauch- und Baumbewuchses viele neue intime Möglichkeiten bot, nicht nur das Rauchen zu lernen, sondern vor allem uns Jungs und Mädchen näher zu bringen.

Auch bei den Messdienerfahrten klappte es jetzt mit den Mädchen besser, da nach und nach die Regeln gelockert wurden. Ich lernte dort nicht nur neue Lieder kennen, sondern erlebte auch die erste zarte Liebe mit zwölf, den ersten schlimmen Abschied mit dreizehn, den ersten feuchten Kuss mit vierzehn. Schon seltsam, fast jedes wichtige Ereignis meines Lebens, jedes erste Mal, war stets mit der Kirche verbunden. Als ich mich dann später mit 17 Jahren und meinen ersten langen Haaren und meiner ersten Band auf den ersten Auftritt freute, fand der – natürlich – bei einem Pfarrfest statt. Ich war aufgeregt und kam mir vor wie ein Popstar und hoffte auf den Moment, den ich schon so häufig beobachtet und den ich damals auch bei den Lords miterleben durfte.

Bei unserem Konzert waren nämlich ebenfalls viele Mädchen, die von unserer Musik allerdings – sagen wir es mal so – eher zurückhaltend begeistert waren. Vielleicht weil wir nicht herumzappelten, vielleicht weil wir nicht mit den Gitarrenhälsen Löcher in die Luft stocherten. Doch als die Zugabe beendet war, kamen tatsächlich einige Mädchen zu uns herüber. Natürlich nicht so stürmisch, denn Autogrammkarten hatten wir keine. Sie wollten nur mal so gucken, sagten die Mädchen und zierten sich ein wenig und kicherten und eine schaute mich besonders lang an und dabei leuchtete so ein komischer Glanz in ihren Augen.

Was das bedeutete, wusste ich jetzt ganz genau. Auf dieses Geschenk hatte ich schließlich lange warten müssen.

# Carina, Eva und die anderen

## Was Schlager bewirken können

Schlager waren meine Sache nie. Und doch: Es gab welche, die mich aufhorchen liessen. *Das Mädchen Carina* von Roy Black gehörte dazu. Ich lernte das Lied bei meiner älteren Cousine Karin kennen, die Roy-Black-Fan war, und die ständig diese Schallplatte spielte, wenn wir bei ihren Eltern zu Besuch waren.

Vielleicht tat sie das deshalb, weil diese Schallplatte damals, 1969, ein großer Hit war, vielleicht aber auch deswegen, weil ihr der Name Carina lieber als Karin gewesen wäre, da sie dann mehr Chancen bei den Jungs gehabt hätte. Immerhin verzehrte sich Roy immens nach Carina. Und Carina klang nunmal zehnmal interessanter als Karin. Das fand ich auch.

Carina, ein toller Name. Er versprühte Exotik, roch nach weiter Welt, nach Abenteuer. So erzählte es mir schließlich der Schlager: Carina war nicht nur schön wie ein Stern am Himmelszelt, sie war vor allem Hochseilartistin. Und Roy, im Schlager gerade 17jährig, verfiel ihrem Liebreiz und musste bald feststellen, dass Liebe, vor allem die ganz große und erste Liebe, ganz schön weh tun kann, wenn die Auserwählte in einem Zirkus arbeitet, der ständig unterwegs ist. Somit war der Abschied ein schwerer und trauriger. Ich war erst zwölf Jahre alt und das Ende vom Lied interessierte mich nicht die Bohne. Aber ich war mir sicher: Meine erste Freundin muss unbedingt Carina heißen!

Nun ging ich pubertierender Knabe häufig zu den bunten Nachmittagen ins Jugendheim. Und die Mädchen dort hießen Marianne, Helga, Susanne oder Christiane. Langweilige Vornamen, deren Trägerinnen für mich keinesfalls in Frage kamen. Bei Marianne sah ich immer Marianne Koch vor mir, die bei Robert Lembke im Rateteam von »Was bin ich?« sass. Viel zu alt. Susanne hieß meine Klassenlehrerin mit Vornamen. Eine Greisin mit Dutt und strenger Miene (heute würde ich sagen, sie war vielleicht fünfzig), die wir immer mit »Guten Morgen, Fräulein Basedow!« begüßen mussten. Susanne also auch nicht.

Helga erst recht nicht, denn Helga war die Hauptakteurin in diesen grobkörnigen Schwarzweiß-Aufklärungfilmen, in denen sie uns sehr ernst und gemeinsam mit finster dreinblickenden Ärzten, die dicke Glasbaustein-Brillen trugen, das »Wunder der Empfängnis« erklärte. Mit Christiane wollte ich nichts anfangen, denn ich kannte eine Christiane in unserer Straße, die groß war und stark und gerne die Jungs verhaute, wenn man ihr an den Zopf zog.

Eine Carina war nie dabei. Vielleicht, weil Carinas nur herumreisen. War mir auch bald egal, denn es gab im gleichen Jahr einen neuen Schlager, den ich nun gerne hörte: *Weine nicht, kleine Eva* von den Flippers. Eva, ein toller Name. Diesmal war's im Lied genau andersherum. Die kleine Eva verzehrte sich nach ihrem Angebeteten, der erst in einem Jahr wiederkommen und sie in der ganzen Zeit aber nicht vergessen wollte. Eva war deswegen traurig und den Tränen nahe. Ich stellte mir ein verträumtes Mädchen vor, anlehnungsbedürftig, eine, die oft getröstet werden möchte, die Zuneigung brauchte.

So eine Zweisamkeit stellte ich mir sehr romantisch vor und es war daher ganz klar: Meine erste Freundin muss Eva heissen! Doch die Mädchen im Jugendheim hießen immer nur Petra, Marlies, Kathrin oder Ursula. Eine Eva war nie dabei.

Das erste Mädchen, mit dem ich dann ging, hieß Maria. Ausgerechnet so, wie meine Mutter. Das konnte natürlich nicht gutgehen. Schon deshalb nicht, weil ich erneut einen Schlager für mich entdeckt hatte: *Monika* von Ulli Martin. 1971 war das, und Monika lebte auf einer Insel, lebte wohl ein unbeschwertes Leben, so, wie sie wunderschön und mit Blumen in der Hand, den ganzen Tag am Strand herumlief. Monika, ein toller Name. Er verhieß Lebensfreude pur. Dafür war ich nun mit meinen 14 Jahren alt genug und machte mit Maria kurzerhand Schluss, nachdem diese Schallplatte erschien. Ich war nun unsterblich in Monika verliebt. Die Mädchen im Jugendheim hießen jetzt Sandra, Regina, Tanja oder Renate. Eine Monika war nie dabei.

Unzählige Schlager sind seitdem erschienen, in denen die unterschiedlichsten Mädchen, deren Namen mich immer elektrisierten, besungen wurden: die romantische *Michaela* (von Bata Illic), die tanzende *Marina* (von Vico Torriani), der Vamp *Marleen* (von Marianne Rosenberg), die verführerische *Josie* (von Peter Maffay) oder die willige *Joana* (von Roland Kaiser). Ihr könnt es mir glauben oder nicht: aber in meinem ganzen Leben habe ich nie eines der Mädchen kennengelernt, deren Namen diesen oder anderen Schlagern ihre Titel gaben.

Heute bin ich glücklich mit Beate verheiratet. Und manchmal, in jenen Stunden, wenn irgendein Verkaufs-

TV-Sender einen dieser Schlager aus der Vergangenheit heraus auf den Bildschirm presst, dann höre ich nochmal genau hin und frage mich, ob ich ohne Carina, Eva und die anderen tatsächlich etwas versäumt habe. Aber um das auszuprobieren, ist es nun wohl zu spät, und es wäre dann auch eine ganz andere Geschichte.

# Allein machen sie dich ein

## Politische Bildung mit Ton Steine Scherben

Keine Ahnung, warum ich ausgerechnet dieses Konzert besuchte. Aber es war das erste Mal überhaupt, dass in der Stadt eine bekannte Band gastierte. Sicher, ich hatte schon mal von der gehört, also den Namen. Aber was die so spielte, das wusste ich nicht.

Ich war schon Stunden vorher im Schulzentrum an der Querenburger Straße, in dem die Band Ton Steine Scherben am Abend auftreten sollte und beobachtete jetzt die zwei Dutzend jungen Leute, Studenten offenbar, die Tapeziertische aufstellten und akkurat Flugblätter, Sticker, Bücher und Broschüren stapelten. Ich blätterte hier und da, verstand aber nichts, weil mich die ganze Atmosphäre aufregte. Ich schaute mir lieber die einzelnen Grüppchen an. Da waren welche von der DKP, vom Spartakus-Bund, von den Marxisten-Leninisten. Gewerkschaftsleute waren da und welche vom SDAJ. Sie entrollten auch Transparente.

Von REVOLUTION …! war da die Rede und WIR SIND KNECHTE DES KAPITALS!

In der Aula schmückten verschieden große Bettlaken die Wände. Mit roter Farbe und in krakeliger Schrift geschrieben stand da: DAS IST UNSER HAUS! oder

DIE, DIE UNSERE HÄUSER KILLEN, WOHNEN IN DEN SCHÄRFSTEN VILLEN!

Ich fand die markigen Worte beeindruckend und schlenderte zurück ins Foyer, blieb vor einem Tisch stehen, an dem jemand Schallplatten anbot: Floh de

Cologne, Dieter Süverkrüp, Hannes Wader, Franz Josef Degenhardt, Wolf Biermann, Franz K., Lok Kreuzberg. Mir sagte das alles nichts und so kramte ich beiläufig eine Scherben-Scheibe aus dem Karton, las mir die Texte durch. Was die da singen ist ja ganz schön frech und aufsässig: *Wenn ich nach Hause komme, sitzt da ein alter Typ. Der sagt, er ist mein Vater und ich glaub nicht, dass er's ist. Wir sehen uns nur manchmal, und dann reden wir nicht viel. Doch wenn wir reden, dann sagt er: Junge, aus dir wird mal nicht viel ...* und so weiter.

Au Backe, genau d a s kannte ich auch. Wie oft hatte ich schon hören müssen, dass aus mir auch nichts werden würde, da meine schulischen Leistungen nicht besonders waren. »Du kommst zur Müllabfuhr. Zu mehr taugst du sowieso nicht«, hieß es immer, wenn ich mal eine Mathe-Arbeit verrissen hatte und sie meinem Vater zur Unterschrift vorlegen mußte. Und dann wurde mir wieder und wieder vorgehalten, wie fleißig und intelligent doch mein Bruder Klaus sei, der studierte, oder meine Cousine oder mein Cousin. Und dann mußte ich plötzlich daran denken, dass man mit mir immer »Schule« spielte, wenn uns Onkel Gerd und Tante Anni mit Ulrike und Heiko an Feiertagen besuchten. Dann bekam ich ein Blatt Papier und mußte abwechselnd Aufgaben rechnen oder Vokabeln aufschreiben. Und wie sie sich dann alle vergnügten, wenn ich irgendwas nicht wußte. Und dass es mir jedesmal Angst machte, so bloßgestellt zu werden.

Das alles fiel mir jetzt ein, und ich begriff, dass ich mit meinen Problemen nicht allein auf der Welt war. Und dass alle Leute, die heute in der Aula waren, sicherlich ähnliche Erfahrungen gemacht hatten. Aber was ich besonders toll fand: dass es es sogar eine Band gab, die über solche Leiden Lieder sang.

Ich erinnerte mich an diese Aktion neulich in der Innenstadt, als sich Studenten, Schüler und Lehrlinge auf die Straße setzten, um ihre Forderungen nach einem kostenlosen Nahverkehr durchzusetzen. Diese »Rote Punkt«-Aktion fand ich gut: Weil die sich einfach da hinsetzten und Spaß daran hatten. Es war wie eine richtige kleine Fete. Die hatten Bier dabei und Schnitten und sangen auch Lieder.

Die Protestler hielten Passanten an, redeten mit ihnen, sprachen von Benachteiligung und Behördenwillkür, Ausbeutung durch die Unternehmer, mangelhafte Ausbildung, und dass man sich nicht alles gefallen lassen dürfe. Ganz ruhig und ganz bestimmt sagten die das. Die waren echt mutig. Ich schaute mir dies eine Weile an und war verwundert, als plötzlich mehrere Mannschaftswagen der Polizei auftauchten, die Beamten im Laufschritt aus den Bussen stoben und die Protestler mit Schlagstöcken auseinandertrieben.

Auf der Bühne rücken jetzt die Musiker Verstärker und Stative zurecht – es geht los. Ich spute mich, um in der Menschenmenge einen guten Platz zu bekommen und gucke zu. Und da – da trabt der Sänger ans Mikrofon! Klein und schmächtig ist er, dieser Rio Reiser, der einfach klasse sein soll, wie ich vorhin am Stand der Gewerkschaft aufgeschnappt hatte. Rio sei ein echter Anarchist. Der komme aus Berlin-Kreuzberg, und da würde man einfach leerstehende Häuser besetzen und zum Jugendzentrum erklären. Der Rio solle auch mit mehreren Leuten ein Haus besetzt haben, in dem sie zusammen wohnen, in dem er mit der Band probt.

Das T-Shirt mit dem ummauerten Brandenburger Tor hängt dem Scherben-Sänger aus der abgewetzten Jeans. Die drei Mitmusiker rocken los und Rio singt: *Ich habe viele Väter, ich habe viele Mütter, ich habe viele Schwestern und ich habe viele Brüder. Meine Väter sind schwarz, meine Mütter sind gelb, meine Brüder sind rot und meine Schwestern sind hell. Ich bin über zehntausend Jahre alt und mein Name ist Mensch.* Ich stiere mit halbgeöffnetem Mund in Rios Gesicht und denke mir nur: Mit welcher Inbrunst dieser kleine und schmächtige Mensch da singt.

Ich genieße den harten Rock, die ausgelassene Stimmung, die unerhörten Texte. *Warum geht es mir so dreckig, was kann ich allein dagegen tun … Sklavenhändler, hast du Arbeit für mich, Sklavenhändler, ich tu alles für dich …* Die Sprache ist einfach, plakativ, bringt Dinge auf den Punkt. *Nicht sagen, was ich denke, nicht denken was ich sage. Ich möcht' am liebsten tot sein und von allem nichts mehr seh'n, ich möchte so besoffen sein und von allem nichts mehr seh'n.* Genau: Sagen, was ich so denke, geht bei mir auch nicht. Denn sage ich mal das, was ich von meiner strebsamen Cousine oder meinem langweiligen Cousin halte, schaltet Mutter ihre Ohren auf Durchzug.

Sage ich mal was über meinen besten Freund Peter, der mit seinen Eltern prima klarkommt, auch mal laut Musik hören darf, heißt es sofort, dass der sowieso kein Umgang für mich sei. Warum, will ich dann wissen.

Doch eine Antwort gibt es nie, nur einen bösen Blick. Das alles geht mir so durch den Kopf während ich Rio zuhöre und mir ab und an auch das Publikum anschaue. Diese Begeisterung! Da stehen die Jungs, die Mädchen, allesamt kaum älter als ich, klatschen sich die Hände rot. Die Gesichter glühen rosig, die Augen leuchten.

Der nächste Song handelt von einem Typen, den die Freundin nicht 'ranläßt. Und der deshalb erstmal einen Saufen geht. Später dann, auf dem Rummelplatz, fährt er beim Auto-Scooter mal 'nen dicken Wagen. An der Losbude hofft er aufs große Los, da er in seinem Leben bislang nur Nieten gezogen hat. Und schließlich, am Schießstand, träumt er davon, alle Schweine abzuschießen, denn: *Uns gehört das Land!* Tosender Jubel in der Aula. Und dann Rio, mit heiserer Stimme: *Die Richter und Staatsanwälte, für wen sind die da? Natürlich für die Kapitalisten und ihren Staat. Sie tun nichts für uns, aber sie leben von uns!* Frenetischer Jubel in der Aula. Und wieder Rio, jetzt mit überschlagender Stimme: *Wir wissen selber, was zu tun ist, unser Kopf ist groß genug!* Und so unerwartet brutal wie ein Hurrikan fegt plötzlich die Refrainzeile durch den Raum und zieht das Publikum von den hinteren Sitzen hin zur Bühne. Und geballte Fäuste fliegen in die Luft und Rio schreit und die Menge schreit: *Macht kaputt, was euch kaputt macht!*

Ungläubig verfolge ich die Szenerie und fühle mich hin und her gerissen. Was da gesungen wird, welcher Ärger sich da entlädt! Gespenstisch und faszinierend zugleich.

Als ich nach Hause ging, war der Abend für mich noch lange nicht vorbei. Das Konzert hatte mich verunsichert, beeindruckt, aufgerüttelt, erschlagen. In der Nacht konnte ich kaum schlafen, ständig spukten mir Textfetzen von einem Lied im Kopf herum: *Allein machen sie dich ein, schmeißen sie dich 'raus, lachen sie dich aus. Zu zweit, zu dritt, zu vier'n, wird dir auch nichts anderes passier'n. Sie werden ihre Knüppel holen und uns ganz schön das Kreuz versohlen. Zu hunderten oder zu tausend, kriegen sie langsam Ohrensausen. Sie werden zwar sagen: 'Das ist nicht viel', aber tausend sind auch kein Pappenstiel. Und was nicht ist, das kann noch werden, wir können uns ganz schnell vermehren!*

Da war plötzlich ein Gefühl in mir, das neu war, das fremd war. Ich konnte es mir nicht recht erklären. Aber ich wußte eines: Vom nächsten Taschengeld wollte ich mir ganz bestimmt eine Scherben-Schallplatte kaufen.

# Tausendmal gehört, tausendmal ist nix passiert

## »Moontan« von Golden Earring sagt mir nichts, gar nichts

Ich muss es einfach mal loswerden, weil's mir mit keiner anderen Band so ergangen ist: Golden Earring sagt mir nichts, gar nichts.

Es geht vor allem um »Moontan«, die Erfolgs-LP mit dieser Federboa-umrankten lasziven Schönen auf dem Klappcover (Botticellis »Geburt der Venus« nachempfunden, nur wesentlich offenherziger), über die aufgeregt in den Pausen getuschelt wurde. Allerdings ging's dabei weniger um die Musik, sondern vielmehr um den praktischen Nutzen dieses Covers, das sich nach Meinung der vier Hinterbänkler aus meiner Klasse hervorragend als Wichsvorlage eignen würde. Sowas wussten sie. Wurden sie aufgerufen, wussten sie nichts. Aber sie schluderten auch mit ihren Schularbeiten, fanden Roxy Music gut und trugen viel längere Haare als wir anderen.

»Moontan«, 1973 von den Niederländern um Sänger und Gitarrist George Kooymans veröffentlicht, ist eben die Platte, auf der *Radar Love* drauf ist, der Song, der zum Welthit wurde und der die Band schlagartig berühmt machte und mit dem sie unendlich viele Fans gewannen. Mich allerdings nicht. Denn die Musik berührte mich nicht, sie rüttelte mich nicht auf, sie sorgte nicht für gute Laune, sie regte mich noch nicht einmal auf. Bis heute nicht.

Ich kann auch nicht sagen, ob's gut oder schlecht ist, was da musiziert wird. Ich weiß nur, dass es damals richtig klasse Rockbands in Holland gab: Cuby & Blizzards, Focus, Ekseption, Earth & Fire, Alquin oder Sweet D'Buster. Die vier von Golden Earring steuerten als Flagschiff voraus und zelebrierten einen weltmännisch klingenden straighten Bluesrock. Manchmal ein wenig zu hymnisch, manchmal ein wenig zu unorganisiert. Doch im Kern war's wohl inspirierter und versiert dargebotener Abgehrock, der besonders auf der Bühne gut funktionierte. Mich hat er nicht ergriffen.

»Moontan« wartet mit sechs Nummern auf:
- *Candy's Going Bad* (langweilig)
- *Are You Receiving Me* (unnötig)
- *Suzy Lunacy* (schunkelig)
- *Radar Love* (protzig)
- *Just Like Vince Taylor* (nervig)
- *The Vanilla Queen* (grauslich)

Ich habe »Moontan« wirklich häufig gehört. Ehrlich. Unfreiwillig bei allen möglichen Feten und Treffen und Autofahrten, wo man leider nicht flüchten konnte, wenn der ein oder andere seine spezielle Mix-Cassette mit der Reihenfolge *Radar Love, Candy's Going Bad, Radar Love, Are You Receiving Me, Radar Love* und so fort einschob. Freiwillig zuhause. Da rotierte die Platte sicherlich über tausendmal auf dem Plattenteller. Da habe ich mich ihr eher unter wissenschaftlichen Aspekten hingegeben, ausgehend von der Fragestellung: Da muss es doch etwas geben, was ich bislang überhört habe. Ich bin nie fündig geworden.

Ich glaube, Ilja Richter, der die »disco« im ZDF präsentierte und moderierte, ist daran schuld. Wie er da stets frisch geföntt und mit adrettem Anzug bekleidet stocksteif in seinem Disco-Cockpit inmitten des Studios agierte und Schlagersänger (gern auf Tuchfühlung), Popbands (mit etwas mehr Abstand) und Rockkapellen (mit großem Abstand) begrüßte, das machte ihn nicht unbedingt zu meinem Verbündeten. Und als Golden Earring mit *Radar Love* seine Sendung bereicherte, er allerdings den Titel nicht als englisch gesprochenes *Räeda Lav*, sondern als eingedeutschtes *Radaaahh Laaaf* ankündigte, da war er bei mir unten durch. Und als dann auch noch das Stück mit einem hoppelnden Rhythmus losging, wie das bei vielen Popbands, die in der »disco« gastierten, üblich war, da brach ich endgültig mit ihm und seiner Sendung.

»Moontan« erschien Ende August, Anfang September, also nach den Schulferien. Ab diesem Zeitpunkt musste ich sehr fleißig lernen. Es gab vieles nach- und aufzuholen im Dunstfeld von Binomischen Formeln, Ungleichungen, linearen Funktionen und anderer, für mich zumeist unverständlicher, mathematischer Erkenntnis-Errungenschaften. Es blieb wenig Zeit zum Musikhören. Und wenn, dann musste es Musik sein, die mich sofort in den Bann ziehen konnte. Klaus Doldingers Jazzrockband Passport schaffte das, auch Kraan oder die Freaks von Guru Guru mit ihrem hypnotischen Freejazzrockbluesgrummelgetrommel. Ausgerechnet Musik, die überhaupt nichts mit Rock zu tun hatte.

Seit geraumer Zeit sorgte bei mir der samstägliche Beat-Club im Fernsehen mit seiner progressiven Ausrichtung dafür, mich völlig neu zu orientieren. Die für mich wichtigere Musiksendung brachte mir ganz andere und wesentlich spannendere Klänge ins Jugendzimmer: King Crimson hörte und sah ich da, Kraftwerk, Grateful Dead, Traffic, und die spielten alle live im Studio! Moderatorin Uschi Nerke war außerdem viel cooler als Ilja Richter. Und ich bin mir sogar sicher, sie hätte den Titel *Radar Love* ganz bestimmt richtig ausgesprochen, wenn Golden Earring im Beat-Club gastiert hätte. Aber 1973 gab's den Beat-Club leider nicht mehr.

# Die Angst der Feuerwehr vor der Unberechenbarkeit der Sprinkleranlage

## Was bei einem Konzert von Can passieren konnte

*(Aus einer Aufzeichnung in Stichpunkten während eines der letzten Can-Konzerte mit dem japanischen Sänger Damo Suzuki und zwei Wochen später, im Frühling 1974, niedergeschrieben)*

**19:10 Uhr**

Natürlich ist's ausverkauft. War's ja schon Tage vorher. Im vollbesetzten Saal ist es so andächtig still, wie beim sonntäglichen Gottesdienst, wenn die Heilige Wandlung zelebriert wird. Obwohl sich hier mindestens 400 Menschen tummeln und sich in ihren Sitzen räkeln, in kleinen Grüppchen tuscheln, rauchen, mitgebrachtes Bier trinken und vor allem: kiffen. Trotzdem ist es andächtig still.

**19:20 Uhr**

Dieses Konzert, das so um 20 Uhr herum losgehen wird, hat von der Atmosphäre her mehr mit einem Gottesdienst zu tun. Nicht in der Art, dass man die Musiker lobpreist. Das wäre ja Quatsch. Es hat mehr etwas mit Besinnung zu tun, eben auch, dass man aus der Musik Kraft schöpfen kann. Anstelle des Weihrauches hängen süße Haschisch-Düfte schwer in der Luft. Die dichten Schwaden treiben einem Küsten-Frühnebel gleich durch den Saal. Und was die Wandlung betrifft: Can haben natürlich die Rockmusik an dem Tage verwandelt, als dieses wunderbare, hypnotische *Spoon*, die Titelmelodie aus dem Durbridge-Straßenfeger »Das Messer«, zunächst aus dem Fernseher, dann hinein ins Radio und schließlich wieder heraus und an die Spitze der deutschen Hitparade kroch. Eine tanzbare Klangcollage! Suggestiv-Musik! Ungewöhnlich in der Instrumentierung, waghalsig im Arrangement.

**19:32 Uhr**

Der Hit war die Ausnahme, denn das Kölner Quintett spielt normalerweise keine knappen Songs im gängigen Takt. Can lieben es spontan und sie lieben Sessions. Im Studio und auf der Bühne. Sie arbeiten immer gemeinsam. Sehr diszipliniert und oft stunden- und tagelang. Alles das, was an Musik entsteht, wird auf dem Tonband festgehalten. Aus der Improvisation wird ein Konzept wird ein Stück – am Schneidetisch. Und das kann sich live natürlich ganz anders anhören. Holger Czukay, Irmin Schmidt, Jaki Liebezeit, Michael Karoli und Damo Suzuki experimentieren mit verfremdeten Naturklängen, mit Emotionen, mit Weltempfängern und vor allem: mit absolut streng metrischen Rhythmen.

**19:44 Uhr**

Sie steigen zumeist in ein federleichtes Thema ein, nähern sich hakenschlagend ungewöhnlichen Harmonien, erklimmen wuchtige und bizarre Klanggebirge, um sie dann mit intensiver melodischer Power zu zerstören. Drei, vier Stunden später kehren sie ausgelaugt von diesem dynamischen Trip ins Ursprungsthema zurück, knipsen ihre Verstärker aus und verlassen still die Bühne, gerade so, als ob nichts geschehen wäre.

**19:55 Uhr**

Die Rauchschwaden verdichten sich. Würde man sie mit einem Messer schneiden können, ließen sich diese Blöcke durchaus als gemütliche Sitzgelegenheit für jene Zuhörer nutzen, die keinen Platz mehr bekommen haben und die sich jetzt einfach auf den Boden legen. Als die Saalbeleuchtung ausgeschaltet wird, teilt sich der blutrote Vorhang. Aus der linken Bühnenecke tastet sich ein blauer Lichtfinger aus dem Scheinwerfer suchend an der Verstärkeranlage entlang, deren Kontrolllämpchen träge ins müde machende Licht funkeln. Als der Lichtfinger das Mikrofon am Bühnenrand gefunden hat, verharrt er. Und dann – kein Gruß, keine Verbeugung, nichts – hüpft Damo vors Mikro, klopft mit seinen dürren Fingern ein paar Mal auf die Kapsel. Schnalzt und schluchzt und spricht Textfetzen.

**20:10 Uhr**

Czukay, der Bassmann, streift sich seelenruhig weiße Glacéhandschuhe über, packt sich energisch seinen Rickenbaker-Bass und ploppt ein monotones Riff. Erst fahrig, dann immer konzentrierter. Schmidts Orgel schaltet sich mit einer Rückkopplung dazu. Karoli kniet vor seinem Echo/Hall-Gerät, gleicht die Effektstärke mit der Lautstärke seiner Gitarre ab, während Liebezeit noch sehr verhalten, aber bereits mit Nachdruck die Felle seines Miniatursets bearbeitet.

**20:14 Uhr**

Der Sound ist gut. Nicht zu laut, nicht zu leise. Genau richtig, um sich zurückzulehnen, die Augen zu schließen, und sich die Bilder im Kopf von der Musik untermalen zu lassen. Die Saaltüren öffnen sich nochmals, die Feuerwehr kommt herein: Zwei Herren in blau mit Walkie-Talkie. Sie streifen aufmerksam an den Sitzreihen entlang, bleiben hier und da stehen. Schnüffeln. Schauen. Und setzen sich dann nach ganz hinten.

**20:20 Uhr**

Auf der Bühne bringen sich Can in Fahrt. Eine Improvisation über das Stück *Future Days* wird's wohl werden, das Leitmotiv ist ja nun mal nicht zu überhören. Wer weiß, was sich heute Abend noch daraus entwickeln wird. Und eben nur heute Abend! Schließlich geht es um die Magie des Moments. Hat die Gruppe oft genug gesagt. Und auch, dass jedes Can-Konzert einmalig sei. Die Musik muss kontinuierlich fließen. Dann erst wird sie zu einem fein gesponnenen Klanggeflecht.

**20:25 Uhr**

Kopf und Oberkörper vieler Zuhörer bewegen sich synchron zum starren Rhythmus. Eine vollkommene Einheit. Wir werfen nur zu gern unsere Gefühle auf den Gepäckwagen des Melodienzuges, den die Can steuern. Und wie sie ihn steuern! Die Orgel kreißt. Irmin dreht wild an den Reglern der Elektronik, drückt auch seine Unterarme auf die Tastatur und presst wieder und wieder disharmonisch anmutende Akkordmuster in die Menge. Damo windet sich, quält sich gutturale Laute heraus, röhrt und röchelt, als wäre er nicht von dieser Welt. Seine Matte fliegt wüst umher, umwickelt das Mikro-Stativ. Michael tanzt dahinter, zerrt und zupft an seiner Klampfe, die sich so geräuschvoll äußert, als wäre sie in einen Autounfall verwickelt. Handschuh-Holger hängt mit krummem Rücken vor seinem Verstärkerturm, stiert mit verklärten Augen ins Nichts und treibt unaufhaltsam Jaki, den Drummer, an.

**20:50 Uhr**

Die Feuerwehr, schon etwas ältere Semester, kann diesem sehr sinnlichen Konzert-Ereignis offenbar nichts abgewinnen. Man sitzt steif auf den Stühlen. Der eine gähnt und guckt auf die Uhr, der andere liest »Jerry Cotton« und kratzt sich mit einer Hand ausdauernd am Bein. Trotzdem sind sie auf der Hut, drehen häufig ihre Köpfe, blicken den Rauchschwaden hinterher, dann hoch zur Decke, zur Sprinkleranlage, dann wieder zur Bühne.

**21:00 Uhr**

Plötzlich springt einer auf, rennt wie der Blitz los, rudert hektisch mit den Armen. Sein Kollege wird nervös, nestelt am Funkgerät, tuschelt aufgeregt. Der eine rudert immer noch, dreht sich jetzt zur Bühne, legt die Hände an den Mund, ruft irgendetwas.

**21:05 Uhr**

Can bleiben unbeeindruckt von dem hektischen Rennen und Rufen der Blauen. Und dann: Schon wieder gehen die Saaltüren auf und – weitere zehn blaue Männer hasten hinein. Alle rufen, alle winken und irgend ein Feuerwehr-Spaßvogel dreht plötzlich das Saallicht an.

**21:13 Uhr**

Als würde man aus einem tiefen Schlaf gerissen, werden die Zuhörer aufgeschreckt. Verstörte Blicke, Gemurmel dröhnt drohend wie Trommelklang. Die Musiker sind so intensiv damit beschäftigt, ihren Klangteppich zur Vollendung zu weben, dass sie das grelle Licht und die hektischen Kommandos der Blauen gar nicht mitbekommen. Karoli hört dann aber doch auf und braucht einige Zeit, bis er sich in der Wirklichkeit wiederfindet. Czukay dudelt verzückt weiter, hat die Lage noch nicht begriffen. Das Publikum ist noch zu benommen, um phonstark zu protestieren, kommentiert aber die Feuerwehraktion mit spitzen Pfiffen. Drei Blaue springen behände auf die Theaterbühne, verschwinden in den Kulissen. Mit einem gurgelnden Laut bricht die Stromanlage zusammen. Der mit dem Funkgerät kommt nach vorn, schiebt Suzuki zur Seite, entschuldigt sich kleinlaut beim Publikum: »Tut mir leid, dass wir das hier unterbrechen müssen. Aber Ihr müsst sofort mit dem Rauchen aufhören, sonst geht gleich die Sprinkler-Anlage los. Das müsst Ihr verstehen. Tut mir echt leid!«

**21:18 Uhr**

Jetzt werden die Buh-Rufe lauter. Der Feuerwehr ist's egal, sie hat ihre Pflicht getan, schaltet den Bühnenstrom wieder ein und der mit dem Funk drückt einem äußerst verdutzten Damo Suzuki das Mikrofon in die Hand, hüpft von der Bühne und verzieht sich auf seinen Katzenplatz hinten im Saal. Für ihn ist alles klar, die Show kann weitergehen.

**21:20 Uhr**

Die Musiker stehen irritiert und unschlüssig in ihrem Instrumentarium herum. Czukay macht dem Publikum die Lage klar: »Nein, wir können jetzt nicht mehr spielen.« Schmidt tuschelt mit Karoli, Karoli tuschelt mit Czukay. Liebezeit nickt. Und plötzlich heißt es lapidar: »Wir spielen ein bisschen *Spoon*, und machen dann Schluss. Wir können uns nicht mehr konzentrieren.«

**21:40 Uhr**

Und obwohl – was eigentlich jeder verstehen kann – jetzt alles vorbei, und kein echtes Can-Konzert mehr zu erwarten ist, legt das Quintett nun wie eine richtige Rockband los. Knappe zehn Minuten gönnen sie sich für ihr *Gimme A Spoon In The Afternoon*, zerreißen das Thema, kippen die Logik. Und obwohl sie lustlos zur Sache gehen, entfaltet sich in dieser ungewöhnlich komprimierten und sicherlich in dieser Form auch nie wieder live gehörten Version die gesamte Eleganz eines Klang- und Rhythmus-Mysteriums, das hier und heute so schmählich beendet wurde, bevor wir alle darin so richtig eintauchen konnten.

# Phallus

## Die Geschichte über einen Festival-Fan

Phallus fiel immer auf.

Und wenn nicht durch sein hibbeliges Herumrudern mit den Händen, dann aber durch seine Klamotten. Während sich die anderen in der 10c über die hellen Stoffhosen und die grellfarbigen Hemden mit dem langen Kragen ärgerten, hatten seine Eltern offenbar jeden Streit mit ihm vermieden. Warum, das wußte keiner.

Jedenfalls trug er zu einer durchgescheuerten, lilafarbenen Feincordjeans mit glockenförmigem Schlag ein weißes T-Shirt Größe Übergröße mit einem Jim-Morrison-Porträt. Auf der Brustseite hatte er sich bunte Kringel draufgemalt. Seine großen Füße steckten in Jesus-Sandalen und die strähnigen, arschlangen blonden Haare wurden von einem blauen Stirnband gebändigt. Im Sommer warf er sich gern ein indisches Jäckchen mit Bommeln über die schmalen Schultern, im Winter zwängte er sich in eine schneeweiße Ziegenfelljoppe mit Fransen. Phallus war immer gut drauf, und wenn er redete, dann klemmte er sich seine Haare hinter die Ohren, grinste breit und wackelte mit dem Kopf.

Für die meisten Jungs blieb er ein seltsamer Sonderling. Doch Peter, Stengel, Sibbi und Manni mochten ihn, weil er sich eben auch fürs Musikhören begeisterte. Wenn sie frühmorgens zu fünft auf dem Hof der Jacob-Mayer-Schule herumstanden oder mittags in der großen Pause mit heimlich verdeckter Kippe in der hohlen Hand hinter die Turnhalle huschten, hatten sie eben immer nur dieses eine Thema im Kopf: Musik. Wer spielt was wo und warum.

Ist das Yes-Album »Close To The Edge« tatsächlich eine gelungene Scheibe? Sind UFO mit dem erst 17jährigen Michael Schenker von den Scorpions jetzt nicht viel besser geworden? Sie diskutierten, pfiffen sich wichtige Melodien vor, erzählten sich Klatsch und Tratsch aus der Musikszene und ließen auf ihre Stars nichts kommen. Der Pausensummer riß sie aus ihren Erzählungen, und es ging wieder los. Noch ein tiefer Zug, dann ließen sie wie auf ein Kommando hin die Kippen fallen, spuckten auf die Glut. Phallus schnappte sich seinen Jute-Beutel, murmelte geheimnisvoll »Ich hab' noch 'was vor« – und zog ab. Die anderen schauten ihm sehnsüchtig hinterher, denn es war klar, dass er wieder auf seinem Festival-Trip war.

Phallus liebte Live-Konzerte. Bei ihm juckte es in den Ohren, wenn irgendwo in Deutschland, Belgien, Frankreich oder England die Open-Air-Bühnen errichtet wurden. Dann schnürte er seinen graugrünen Rucksack, rollte das Zelt zusammen, stopfte Decken, Weinflaschen und vier Leberwurst-Brötchen hinein, latschte zur Wittener Straße und wedelte mit dem Daumen im Wind. Von hier aus hoffte er immer auf eine gute »connection«, wie er sagte, die ihn beispielsweise zur Sauerlandlinie und dann weiter in den Süden brachte. Phallus entwickelte sich zu einem passionierten und routinierten Festival-Tramper und war den anderen daher immer um eine Nasenlänge voraus.

Wenn er zurückkam, in der Regel tauchte er plötzlich und unerwartet in den Sportstunden auf, war er meist übermüdet, aber selig. Und er hatte immer etwas dabei. Mit Vorliebe sammelte er abgebrochene Drumsticks, die die Schlagzeuger nach dem Gig ins Publikum warfen. Phallus holte sich die Holzknüppel aber lieber persönlich bei den Drummern ab. Diese Trophäen brachte er nur ungern mit zur Schule. Aber zuhause sortierte er sie sorgfältig nach Ort, Uhrzeit, Datum, Namen der Band, Namen der Schlagzeuger und hängte die Sticks an die Wand in seinem Zimmer.

Und Phallus konnte erzählen. Schließlich hatte er sie alle gesehen: Procol Harum, Pink Floyd, Jethro Tull, Van der Graaf Generator, Scorpions, Deep Purple und so fort. Magische Namen. Auf dem Reading-Festival habe er sich hinter die Bühnenabsperrung geschlichen und ganz genau beobachtet, wie Ian Paice von Deep Purple seine wahnsinnigen Trommelwirbel veranstaltete: »Der machte 'rum wie ein Wilder«, berichtete er, »und dabei hatte der nur ganz dünne Knüppel!«

Phallus flippte in der Weltgeschichte herum, ließ sich von Manfred-Manns-Earthband-Musik zudröhnen, erfreute sich an den Duellen der Gitarristen Powell und Turner von Wishbone Ash, hielt sich die Ohren zu bei den Synthi-Einlagen im Roxy-Music-Konzert und feierte lautstark und enthusiastisch die Neuentdeckung des Rock'n'Roll: Bruce Springsteen. Den er in den Staaten erlebte. War ja auch wirklich nur noch eine Frage der Zeit gewesen, bis ihn seine »Festivalitis« ins Mutterland der Rockmusik katapultieren würde.

Vier Monate vor den Prüfungen zur Mittleren Reife machte er sich auf, Kalifornien zu entdecken. Einfach so. Blieb einfach einige Wochen weg. Die Sucht trieb ihn in die Arme von Grateful Dead, Poco, Neil Young und natürlich Springsteen, den heute alle Welt »The Boss« nennt, und über den Jon Landau vom »Rolling Stone« begeistert berichtete: »Ich erlebte die Zukunft des Rock'n'Roll – und diese Zukunft heißt Bruce Springsteen!« Sibbi, Stengel, Peter und Manni langweilten sich in den Büros von Berufsberatern oder schrieben Bewerbungen. Und sie waren neidisch: Phallus war mittendrin im Rockgeschehen!

Als er wieder da war, sahen sie sofort, dass ihm das Westküstenklima gut getan hatte. In seiner gesunden Gesichtsbräunung mischten sich ein paar neckische Sommersprossen, um sein Kinn herum zitterte ein heller Bartflaum. Am rechten Ohrläppchen baumelte nun ein goldenes Dollarzeichen und auf dem Jackson-Browne-T-Shirt prangten verschiedenfarbige »Smile«-Buttons. In der rechten Hand knüllte er mehrere Nummern vom »Rolling Stone«, unter seinem linken Arm klemmten die Bootlegs jener Bands, die er in LA gesehen hatte.

Die Musiklehrerin der 10c war jung und hatte Verständnis. So gab es keine Probleme, als das Quintett aufgeregt darum bat, nach Schulschluß ein paar Platten im Musikraum zu hören. Während die Schulglocke lärmend das Unterrichtsende einläutete, hockten sie bereits andächtig im Schneidersitz vor dem Plattenteller, wiegten sich im Rhythmus der gefühlvollen Songs von Neil Young.

Das waren starke Momente: Mitten im Ruhrgebiet, in dem muffigen Raum einer drögen Lehranstalt von Banjos, Cadillacs, Meerbrisen und einem einsamen Cowgirl zu träumen. Und als Phallus schließlich Springsteen auflegte, da ging es plötzlich mit ihnen durch. Phallus schnellte hoch, schlüpfte in die Rolle des drahtigen Shouters, hüpfte mit eckigen Verrenkungen vor einer imaginären tosenden Menschenmasse, riß den Mund auf, sah plötzlich aus wie ein Fisch, der angestrengt nach Luft schnappt. Die anderen lachten, gingen auf sein Spiel ein. Sibbi trommelte, Manni und Stengel rupften Saiten, Peter pustete ins Sax: *Baby, We Were Born To Run.*

Natürlich bestanden sie alle ihre Reifeprüfung. In der letzten Schulstunde standen sie nochmals an der Turnhalle beisammen, spielten ihr altes Spiel »Stadt, Land, Fluß«, das bei ihnen allerdings »Bands, Musiker, Instrumente« hieß. Ein gemeinsamer Festival-Besuch wurde verabredet, dann ging's nach Hause.

Getroffen haben sie sich aber nie wieder. Manni zog von heute auf morgen nach Duisburg, Sibbi engagierte sich stärker denn je in seinem Handballverein und hatte genug mit seinem Job zu tun. Stengel und Peter tauchten ebenfalls ab ins Berufsleben und Phallus war sowieso ständig unterwegs. Seine Eltern wußten es auch nicht so genau: »Der wollte 'rauf nach Norwegen.«

Fast zehn Jahre später trafen Stengel und Peter den quirligen Phallus zufällig auf dem Flohmarkt. Es war ein naßkalter Tag und Phallus – kaum zu glauben – hampelte mit Turnhose, Moonboots und einem dünnen Hemd bekleidet hinter seinem Stand herum. Er grinste spitzbübisch, als er sie entdeckte und winkte aufgeregt. »Ich zeig' euch 'mal was!«, schrie er über den Platz, kramte in seinen Plattenstapeln und hielt ihnen ein wohlbekanntes, mit Bierflecken verdrecktes Cover, unter die

Nase. »Wißt ihr noch?« Ach ja, Springsteen. Die drei lachten und dachten an jenen Tag im Musikraum ihrer Schule zurück, wo sie Bruce Springsteen & The E-Street-Band ausgelassen imitiert hatten.

Phallus berichtete, dass er kürzlich auf einem Festival war, und alles sei so gewesen wie früher. Auf der Wiese vor der Bühne hätte er sich mitten in der Menge sein kleines Zelt aufgebaut und drei Tage im Matsch zwischen Bierdosen, Papptellern und Urinpfützen campiert. Gut, die Atmosphäre sei okay gewesen, doch die Musik – er winkte ab. »Was die Bands heute spielen, ist mir zu poppig. Das hat keine Substanz mehr.« Nein, Drumsticks würde er auch nicht mehr sammeln, das wäre vorbei.

Überhaupt: Den Spitznamen Phallus mag er nicht mehr, er heiße Bernd und dabei solle es auch bleiben. Bernd hatte in der Zwischenzeit zwei alternative Tramperbücher geschrieben, eine Lehre gemacht, Abi nachgeholt und studierte jetzt Volkswirtschaft. Er musiziere auch, spiele Schlagzeug in einer Band. Der Flohmarkt ernähre ihn ganz gut, es bleibe genügend Zeit zum Reisen und für die Musik.

Und während sie so plaudern, quäken aus dem Recorder die altvertrauten Klänge: *Baby, We Were Born To Run* – Bernd legt als erster los, dann Peter, dann Stengel. Aus dem verhaltenen Trällern wird ein lautstarkes Lalalalalala, erste Refrainzeilen fallen ihnen wieder ein. Es klingt ein wenig schief.

# Viel zu nahe an der Realität

## Kraftwerk und die gnadenlose Emotionslosigkeit

Am Anfang war da anarchistischer Lärm, der schon bald von locker inszenierten Geräusch-Geschichten, wie dem elfminütigen Stück *Rückstossgondoliere*, abgelöst wurde. Ich glaube, es war Thomas, der ältere Bruder von Dieter, der sagte: »Hör' dir das doch mal an …«

Kraftwerk? Diese Kling-Klang-Freaks aus Düsseldorf? Die sind doch total durchgeknallt. Was wollen die denn mit diesen monotonen Klangorgien aus Motorengedröhn, Morsezeichen oder dem mystisch-verrauschtem Stimmengewirr des Kurzwellen-Bandes erreichen? Sicherlich nicht eine Platzierung in der Hitparade.

Und ich ließ mir doch von Thomas eine Cassette geben.

Die Klanggewitter, die er mir aufgenommen hatte, wie das orgellastig-wabernde *Klingklang*, das mit echtem Bombenlärm angereicherte *Vom Himmel hoch* oder *Ruckzuck*, das von einem sehr kurz angeblasenen Flöten-Riff und rückwärts eingespielten Melodiefetzen dominiert wurde, klangen wider Erwarten gar nicht so schlecht. *Ruckzuck*, jedenfalls einen Teil davon, hörte man ab und an sogar im Radio oder im Fernsehen, weil es irgendein Magazin zu seiner Erkennungsmelodie erkoren hatte. Dazu konnte man sogar rhythmisch gut mit dem Kopf wippen.

Ralf Hütter und Florian Schneider-Esleben, die beiden Tüftler, spielten zusammen mit Klaus Dinger und

Michael Rother und mit richtigen Instrumenten wie der Farfisa-Professional-Duo-Orgel, mit Schlagzeug, Querflöte und E-Gitarre. Dieses ganze Piep-, Klopf- oder Pfeif-Geprassel, das noch zu hören war, hatten sie aus dem Radio herausgefiltert, mit Hall- oder Echo-Geräten verfremdet, dann auf Tonband-Maschinen aufgezeichnet und gleichzeitig zur Musik mitlaufen lassen. So erklärte mir das Thomas.

Die Kraftwerk-Musiker kamen mir vor wie kleine Jungs, die sich – so wie ich – mit großen Augen für technische Zusammenhänge und Funktionen und dem damit verbundenem Geknatter, Gerumpel und Gezische interessierten. Meine Experimente mit dem »Kosmos«-Elektronikbaukasten brachten mir allerdings weniger technische Erkenntnisse, da meine Versuchsanordnungen selten funktionierten, abgesehen von der Lichtschranke.

Aber die Geräusche, die bei meinen Fehlschaltungen entstanden, fand ich aufregend: Bei meinem UKW-Empfänger war statt eines Senders stets ein röchelndes Rauschen zu hören; bei dem Verstärker knirschte es nur knarzig im Lautsprecher, ganz gleich, in welche Richtung ich das Lautstärke-Potentiometer auch drehte.

Aufregend auch deshalb, weil mich die Geräusche stark an den zischenden Warp-Antrieb, den sirrenden Replikatoren oder dem klingelnden Beam-Vorgang erinnerten, die ich allesamt aus dem »Raumschiff Enterprise« kannte.

So also klingt die Zukunft.

Und Kraftwerk-Musik war also Zukunftsmusik, denn deren verspielt-naiven und atmosphärisch-schwebenden Instrumental-Stücke hießen *Klingklang, Atem, Wellensa-*

*lat, Spule* oder *Strom* und hörten sich auch genauso an. Das war spannend zu hören, aber gar nicht so neu, wie mir Thomas erzählte.

Denn bereits sechzig Jahre zuvor hatte sich der Italiener Luigi Russolo, Begründer der Geräuschkunst, Pionier der synthetischen Klangerzeugung und Mitglied der Künstlergruppe »Futuristen«, von jedem Lärm, der mit der beginnenden Technisierung in der Welt einherging, für eine neue Art der Musik begeistern und inspirieren lassen. Um das Rattern von Webmaschinen oder das Kreischen einer Motorsäge zu reproduzieren, entwickelte er spezielle Klangtöner. Diese sperrigen Holzkisten mit angeschraubter Grammophon-Tröte und einem empfindlichen, mechanischem Innenleben, benannte er je nach dem Typus des vorherrschenden Tones »Berster«, »Dröhner«, »Zischer«, »Gurgler«, »Knisterer«, »Reiber« oder »Summer«. Später konstruierte er gar ein komplettes Geräusch-Harmonium, mit dem vom »Schrei« bis zum »Murmeln des Baches« insgesamt zwölf Stimmen auf einmal spielbar waren.

Für ihn war klar: »Eine moderne Großstadt muss man mit offenen Ohren durchqueren, um den Sog des Wassers, der Luft oder des Gases in den Metallröhren, das Brummen der Motoren, die zweifellos wie Tiere atmen und beben, das Klopfen der Ventile, das Auf und Ab der Kolben, das Kreischen der Sägewerke, die Sprünge der Straßenbahn auf den Schienen, das Knallen der Peitschen, das Rauschen von Vorhängen und Fahnen, den Krach der Jalousien der Geschäfte zu spüren.«

Russolos dynamische Kompositionen – die entweder für Streichquartett und bis zu 27 Geräuschtöner oder allein für 18 Töner konzipiert waren – fanden meist wenig Gnade bei den Besuchern. Thomas meinte, Russolo scheiterte wohl an seinem Wirklichkeits-Anspruch und an seiner schulmeisterlichen Art der Vermittlung. Die Konzerte wurden nämlich in klassischer Manier dargeboten, man trug Anzug und ernste Mienen zum krachigen Spiel.

Nach »Kraftwerk 1« und »Kraftwerk 2« gab's 1973 »Ralf & Florian«. Auf dieser wesentlich zugänglicheren Platte boten die Musiker zwar immer noch viel Gesirre und Gezirpe, verirrte Blockflöten-Töne, Vogelgezwitscher, hallende Rückkopplungen und mäandrische Melodieverzerrungen, doch Hütter und Schneider-Esleben präsentierten jetzt auch liedhafte Weisen mit fröhlich hüpfenden Melodiefolgen, die von gleichförmig-schabenden Rhythmen umgarnt wurden. Auf jeden Fall komponierten die Musiker mit Stücken wie *Heimatklänge*, *Mitternacht*, *Tanzmusik* oder *Elektrisches Roulette* harmonisch-muntere Hörbilder, die mir Tanzmusik, Mitternacht, Heimtklänge oder das Roulette-Spiel in einem ganz anderen Licht erscheinen ließen. Ich fand sie sehr lustig, weil hier warm tönende Atmosphären geschaffen wurden, die Räume für eigene Visionen öffneten.

Bald redeten mit mir auch Christian, Ulli, Hartmut oder Dieter, der eigentlich ein Santana-Fan war, über Kraftwerk. Bei denen treffe doch musikalisch Vergangenheit, Gegenwart und Zukunft aufeinander, philosophierten sie. Gerade jetzt, bei der neuen Platte. Die Rheinländer schafften es tatsächlich, mit ihrer ungewöhnlichen Kling-Klang-Melange über eine kleine Schar von Interessierten hinaus mehr und mehr das Hörer-Bewusstsein für künstlich erzeugte Klangabenteuer zu schärfen und aus ihrer Musik letztlich sogar eine verkaufbare Massenmusik zu machen. Wenn das Luigi Russolo erlebt hätte! Gerade jetzt, bei der neuen Platte!

Der 22minütige *Autobahn*-Erlebnisbericht, 1974 veröffentlicht, katapultierte Kraftwerk tatsächlich in Hitparaden-Dimensionen. Und das weltweit. *Autobahn* versammelte die wesentlichen Eindrücke einer Fahrt: Langsam anfahren, hupen, bremsen, Gas geben, überholen und so fort, dazu noch das Rollgeräusch der Räder, das Sirren vorbeihuschender Bäume oder Straßenschilder, und dann der hübsche Reim: *Wir fahr'n, fahr'n fahr'n auf der Autobahn, vor uns liegt eine weites Tal, die Sonne scheint mit Glitzerstrahl …* Schloß man zum Stück die Augen, dann kam man sich tatsächlich vor wie im Opel Rekord von Thomas auf der A 1 in Richtung Nirgendwo. *Autobahn* war eine nahezu perfekte Simulation. Eine frühe Digitalisierung des Alltags, ein virtuelles Erlebnis und somit auch eine idealisierte Version einer Mobilität, die so schön eigentlich nicht war. Staus und Baustellen gab's auch damals schon und machten eine Autofahrt nicht immer zum Vergnügen.

Gespannt wartete ich auf den nächsten Coup der Musiker. Doch das zwischenzeitlich mit Wolfgang Flür und Wolfgang Bartos wieder auf Quartettgröße angewachsene Ensemble klammerte sich ausschließlich an sein erfolgreiches *Autobahn*-Muster, verschob nur ein wenig die Rhythmen, setzte immer mehr Effekte für die Stimmen und noch mehr Synthesizer und erstmalig auch Computer für die Melodien ein. Die ab 1975 in immer größeren Abständen veröffentlichten Konzeptplatten »Radioaktivität«, »Transeuropa-Express«, »Die Mensch-Maschine«,

»Computerwelt«, »Electric Café« und so weiter folgten diesem Prinzip, und ich fand sie allesamt uninteressant. Das meinte auch Thomas.

Irgendwie machte es uns nicht so richtig froh, eine künstlich erzeugte Fahrt mit dem *TEE* (Trans-Europa-Express) erleben zu dürfen oder den Fahrrad-Parcours bei der *Tour De France.* Es wurde nämlich bei all diesen Werken nicht mehr gefühlvoll geforscht und gefiltert, sondern es wurde Platte um Platte akademisch korrekt versucht, die Wirklichkeit abzubilden. Und ähnlich wie es bei Luigi Russolo war, trugen die Kraftwerk-Mannen Anzug und ernste Mienen zum technoiden Spiel.

Er wurde immer kühler, dieser kalkulierte Elektro-Realismus, der einem mit seiner gnadenlosen Emotionslosigkeit Angst und Bange machte. Ich mochte Kraftwerk nicht mehr, denn für mich waren sie mit ihren musikalischen Blaupausen der Realität einfach zu nahe gekommen. Und eine zweite brauchte kein Mensch. Weder Thomas, Christian, Ulli, Hartmut oder Dieter. Und ich natürlich auch nicht.

# Hart ist nicht hart genug

## Auf der Suche nach dem ultimativen Soundgewitter

Im Juli 2009 kaufte ich aus einer Laune heraus den »Metal Hammer«, die anerkannte Fachzeitschrift für schwermetallhaltige Musik. Berichte über Iron Maiden, Dream Theatre und Metallica standen auch da drin. Fossilien einer längst untergegangenen Epoche? Wohl kaum. Es gab sogar von Iron Maiden ein Poster im Heft.

Dieses langgezogene, bluesverschmierte und orgelgrundierte *Uhhhhhhhh Uhhhh Uhhhhhhhh Uhhhh – Oh My Soul ...!* in *Strange Kind Of Women* von Deep Purple sorgte nur für eine klitzekleine Atemholpause beim – nun ja, ich sag mal – Tanzen, bevor der kurz danach wieder einsetzende treibende Rhythmus den Körpermuskeln erneut die Spannung austrieb und ich mich weiterhin, wie schon den ganzen Abend lang, wie ein Gummimännchen aufführte. Bei der Musik von Deep Purple ging das aber auch nicht anders. Das war schließlich Hardrock.

Ich bin jetzt über 50 und begeistere mich immer noch an gepleckten Bratakkorden im Cinemascopeformat mit grummelnd-treibenden Basslinien, tirilierenden, pfeilschnellen Gitarrensoli und Doppel-Bassdrum-Sperrfeuer. Eine Revoluzzermusik für Pubertierende eigentlich, sagt man.

Tanzen musste ich aber, weil Mädchen diesmal mit dabei waren. Hätten wir nicht getanzt, wären die Mädchen gegangen. Deep Purple-Musik ist nunmal keine Mädchenmusik. Zu Hardrock wird normalerweise auch nicht getanzt. Hardrock hört man bei uns im Schneidersitz, schließt dazu die Augen und nickt dabei den Rhythmus ab. Wenn's sein muss, stundenlang. An markanten Stellen im Song stoßen wir die Arme in die Höhe, spreizen Zeige- und Mittelfinger und zerteilen mit dem Victory-Zeichen die unschuldige Luft in unserem Fetenkeller im Pfarrhaus.

Dem »Metal Hammer« lag auch eine DVD bei, mit Videos überwiegend von Grunzerbands aus Norwegen, Schweden oder Finnland. Barbarisch das ganze und viel zu schnell. Sowas mag ich nicht. Lieber im Internet Dream Theatre gucken. Und sich begeistern an diesem vertrackten Artrock-Metalzeugs. Oder Iron Maiden – diese grandios krachigen, diese ohrenbetäubenden Blitz- und Donner-Unwetter voller Pathos und Melodien, martialische Soundgewitter … Gigantisch!

Hart musste es heute sein, laut musste es heute sein. Heute waren nämlich keine Mädchen angesagt. Heute gab's nur Bier und Hardrock. Gottseidank. Mädchen kamen sowieso selten freiwillig zu uns. Es wurden nachmittags zwei Jungs ausgesucht, die zogen dann durch die Stadt und quatschten Mädchen an, ob sie nicht Lust hätten, abends zu einer Party zu kommen. So lief das ab. Heute waren wir aber unter uns. Und Deep Purple wollte heute auch keiner hören. Dafür jagten wir uns heute Led Zeppelin, Nazareth, BachmanTurnerOverdrive und Montrose durch den alkoholdurchtränkten, träumenden Geist.

Das Internet: Unendliche Weiten voller Erinnerungen, verpasster Chancen, vertaner Zeit, rebellischer Attitüden. Die Nacht ist nicht zum Schlafen da, wenn du weißt, dass da im Netz die bösesten, lautesten und schnellsten Bands darauf lauern, für dich jederzeit den Max zu machen. Noch ein Bier. Noch ein Knopfdruck. Da, Yngwie Malmsteen, *Seventh Sign* – Phänomenal! Noch ein Bier. Noch ein Knopfdruck. Da, Symphony X, *Of Sins And Shadows* – Rauschhaft! Und stieren und hören und nicken und machen und tun. Da, Judas Priest! *Breaking The Law… Breaking The Law…* – aber alles nur über Kopfhörer hören, klar. Und – psst – leise mitsingen. Sind die Nachbarn auch schon älter und vergesslicher, die Telefonnummer der Polizei haben sie sicherlich schnell zur Hand.

Wir verdammten die langen achtdreiviertel Stunden täglich, die wir in der Lehrwerkstatt eingesperrt waren. Wir schüttelten uns den penetranten Maschinenschlossergeruch aus den Haaren und den Klamotten. Wie schrien unsere Ausbildungsmeister in Grund und Boden. Wir verwünschten den Berufsschulunterricht und die Zwischenprüfungen, das Gewindeschneiden und das Federnwickeln, das Feilen, Schweißen, Schaben, Meißeln, Sägen. Randaliert haben wir deswegen nie. Die hastigen Hardrockhäppchen von Rainbow, Whitesnake oder Humble Pie machten uns an den Wochenenden satt.

Wow – diese Fülle an Metalsounds hätte es damals geben müssen. Und dieses Merchandising dazu. Shirts, Jacken, Hosen, Mäntel; schwarz, schwärzer, ultaraheavy.

1971, 1972, 1973, 1974, 1975, 1976 gab's noch wenig richtig laute und harte Musik und wenig richtig angesagte Klamotten, mit denen du richtig heftig auffallen konntest. Lange Haare allein brachten es nicht. Und da ich kein Rocker werden wollte, besass ich nicht so eine Kluft wie der Lehrlings-Kollege von den Werkzeugmachern. Wie hieß er noch? Jürgen? Auf jeden Fall trug der Denim & Leather. Die Band Saxon schrieb darüber einen Song, aber erst 1981.

Wir wollten Highway Stars sein, wir wollten diese verzickten Mädchen nicht bei uns haben, die zumeist verschreckt auf unsere Musik reagierten, und wünschten uns die oft besungenen langmähnigen, knackigen Girls in hautengen Jeans oder in superkurzen Röcken. Wir wollten wilder sein als Meinolf, Klaus, Knäcke und wie sie alle hießen, die, seitdem sie in der Lehre waren, neuerdings in so eine Normalo-Kneipe zum Kegeln gingen und sich von Harpo, Pussycat und diesem grässlichen Abba-Boney-M.-Disco-Scheiß berieseln liessen.

Wacken Open Air 2009 – d a s Metal-Festival überhaupt. Über 75000 Fans aus aller Welt. Kein Stress, nur gute Stimmung. Und dass bei den Bands, bei der Musik! Ich bin ein verhuschter Voyeur geworden, erlebe solche musikalischen Freiluft-Abenteuer nur noch aus sicherer Entfernung in den eigenen vier Wänden und in Notebook-Bildschirmgröße.

Im wahren Leben gibt man dann doch klein bei und freute sich darüber, dass das Fahrrad funktionierte und dass die süsse Melanie mit ihrer hochgekrempelten Blue Jeans, zu der sie kindliche Ringelsöckchen trug, zum Eisessen mitkam. Wild machte uns die Musik und die Suche nach dem wahren, nach dem dem ultimativen, nach dem alles niedermachendem Soundgewitter, das es zu entdecken galt. Die Ausbildungsvergütungen flossen in Scheiben von Grand Funk Railroad, Mountain, Nazareth, Scorpions, AC/DC, Led Zeppelin. Diese Platten wurden auch wie wild gehört, doch nur für mäßig gut befunden – sie knallten nämlich nicht so richtig 'rein, nicht so wie *Speed King*, von dem wir uns härtere und schnellere Varianten von anderen Bands wünschten, die es aber nicht gab.

Um vier Uhr morgens dann doch mal aus Spaß Deep Purple anklicken. Herrje, ist ja eine richtige Oldieband geworden. So wie Jethro Tull. Die habe ich auch immer gemocht. Manchmal waren die sogar richtig heavy drauf. Es gibt da eine Live-Version von *Aqualung* … Oder Queen. In ihrer frühen Phase waren die auch mal laut. Jetzt singt da der Typ mit, der früher bei Free war, Paul Rodgers. So kommt *Allright Now* wieder zu neuen Ehren.

Franz K., eine Band aus Witten an der Ruhr, Gitarre, Bass, Schlagzeug und Gesang, war zwar nicht Deep Purple, aber sie war laut. Das Trio spielte live für wenig Eintrittsgeld und sang über das, was uns interessierte: Lehrlingssituation, Kriegsdienstverweigerung, Ausbeutung und so weiter. Schlichter Hammer-Hardrock, so richtig was für wilde Jungs, die sich auspowern wollten, weil sie montags wieder ausgeruht an die Werkbank mussten.

Vieruhrdreißig: Zurück zu Iron Maiden. Sind auch schon über 30 Jahre am Start. Schon lange wieder mit Bruce Dickinson. Und Saxon. Die hauen auch immer noch gut was weg. Bretthart. Vieruhrfünfundvierzig: Jetzt aber ins Bett, um sieben Uhr bimmelt der Wecker, dann hat mich der Alltag wieder.

# Rollen, drücken, wippen, stoßen

## Mit Annette und Pink Floyd zwischen Musik und Mief

Missmutig sog ich an meiner Kippe, köpfte gerade das dritte Export, nahm einen kräftigen Schluck, rülpste und war sauer. Von Annette immer noch keine Spur. Ich blinzelte angestrengt in die Ecken des verqualmten Raums. Klar, Franz und Willi und der Lange aus Harpen und Katlinski und die sechs anderen Typen hingen da mit ihren Frauen 'rum, da brauchte ich nicht lange gucken, denn die Jungs roch ich schon zehn Meilen gegen den Wind. Sie kloppten Karten oder machten nichts und kippten sich die Hucke voll und stampften mit ihren speckigen Boots schwerfällige Rhythmen in den schmutzig-roten Teppich.

Im Bunker war es heiß, stickig, verdammt laut. Und seit einer geschlagenen Stunde ließ es Yogie zu, dass auf dem Plattenspieler die nervigen Gitarrenschlachten des amerikanischen Grand-Funk-Railroad-Klampfen-Häuptlings Mark Farner dudelten. Ich war es leid. Der Krach schlug mir heute aufs Gemüt, denn Annette war nicht da – zwei gute Gründe, ein neues Export zu suchen. Ich zog meine Pulle leer, holte mir ein frisches Bier und ging erstmal nach draußen, pissen.

Mit Yogie kam ich gut klar. Er spielte Schlagzeug in einer Band, ich spielte Schlagzeug in einer Band. Yogie hatte für seine Jungs zwei Räume in dem Bunker an der Haldenstraße gemietet. Mit den anderen Kabuffs konnte man nichts anfangen, da sie zu klein und total zugemüllt waren. Die Bands waren froh, dass es überhaupt diese Möglichkeit gab, in einem Bunker Probenräume zu kriegen. Allerdings mussten sie auch richtig ran. Entrümpeln, säubern, die Türen gängig machen, den Strom legen und so weiter.

Die Betreiber der Betonkolosse kümmerten sich um nichts, kassierten nur die Kohle. Ich kannte das aus »meinem« Bunker auch, der sich im Blaubuchsenviertel, in Stahlhausen gegenüber von Krupp, in der Baarestraße zwischen den Bäumen versteckte. Irgendwann hatte man hier eine Zeitlang Obdachlose und Zigeuner untergebracht, bis die Siedlung an der Buselohstraße und später im Zillertal zur Grenze nach Herne fertig war. Bei ihrem Auszug wurde dann offensichtlich alles kaputt gekloppt und versifft. War Jahre her. Wir hatten auch viel Arbeit mit dem stinkenden Dreck, den Reparaturen und dem Strom, aber dafür konntest du Tag und Nacht rein.

Yogie hatte den geräumigeren Raum, der im Untergeschoss neben der Treppe lag, richtig klasse ausstaffiert: große Holzbühne mit sauberen Teppichen drauf, rechts und links im Hintergrund jeweils zwei aufeinander gestapelte Boxen-Würfel mit den Verstärkern für Gitarre und Bass, dazwischen das Doppel-Bass-Drum-Schlagzeug in seiner ganzen Pracht mit acht Becken, einem kleinen Gong und Beleuchtung drumherum und vorne stand natürlich die wattstarke Gesangsanlage. Auf der Bühne lagerte auch der gesamte Kleinkram, den eine Drei-Mann-Rockband so braucht: Kabeltrommeln, Instrumentenkoffer, Mikro- und Gitarrenständer. Das war deshalb alles so penibel aufgebaut, weil er hier mit der

Band, was nicht selten war, live vor 20, 30 Leuten spielte. Neue Stücke antesten und gucken, ob die ankamen.

Zwei- bis dreimal im Monat verdeckte er die kostbare Anlage mit einem riesigen schwarzen Tuch, liess nur die Gesangsanlage frei und organisierte eine Fete. Organisieren ist gut: Er trommelte Leute, meist Musiker, aus der Stadt zusammen oder es sprach sich einfach 'rum. Frauen waren oft mit dabei. Auf jeden Fall brachte jeder was zum Schlucken mit, denn das war schließlich neben dem Musikhören, weil man dann die Platten volle Lotte über die Gesangsanlage hören konnte, das Wichtigste. Musik, die für schnelle Pulsschläge sorgte; Musik, bei der man nicht reden musste.

Songs wie *Can't Get Enough* von Bad Company, die »Fire Water Earth & Air«-LP von Jane, Platten wie »In Trance« und »Virgin Killer« von den Scorpions, die Live-Scheibe der Alex-Harvey-Band. Sowas in der Art. Nicht so'n verträumtes Popzeugs von Barclay James Harvest und Konsorten, die es immer bei Bettinas Laberfeten in der Wittener Straße zu hören gab. Yogies Trinker-Treffs waren beliebter, hatten aber harte Regeln. Motto: Wer zuerst umfällt, darf beim nächsten Mal nicht wiederkommen. Heute war ich aber wirklich nur wegen Annette hier.

Annette traf ich häufig im »U-BO« und im »Treffpunkt«. Wir süppelten Bier, redeten über Gott und die Welt. Es war wie verhext, ich bekam es nicht auf die Reihe, mit ihr mal ganz alleine zu sein. Ständig hingen diese Besserwisser-Freaks aus ihrer Clique an ihrem Rockzipfel. Ich kriegte es nicht in die Birne, warum sie von den Schwachköpfen so angetan war. Junge, Junge, ich war herbe verknallt. Sie sah ja auch super aus: Das lange braune Haar reichte ihr bis zum Po und paßte gut zu ihren großen blauen Augen. Sie trug mit Vorliebe knallenge rote Jeans, dazu einen verwaschenen blauen Pulli und meistens eine kurze Parkajacke. Annette war echt in Ordnung, und Yogie hatte mir gesteckt, dass sie heute Abend hier sei.

Abkühlung brachte der drückend-schwüle Sommerabend nicht. Deshalb schlurfte ich nur rüber zur Bude in der Zechenstraße, kaufte ein Milky Way, trabte zurück, entriegelte die schwere Stahltür und stiefelte wieder die Treppe hinunter. Dieser handwarme Schweiß, der an der Luft klebte und mir entgegenschwebte ... dieser Mix aus Räucherstäbchenduft und abgestandenem Bierdunst, der sicherlich noch von der letzten Fete übrig geblieben war ... So riecht's sicherlich auch im Vorhof der Hölle. Aber was willst du machen, so'n Bunkerraum kann man nicht einfach so lüften. Schon gar nicht an so einem brütend-heißen Tag wie heute. Ich brauchte einige Zeit, bis ich mich an das funzelige Licht der Kerzen und roten Glühbirnen gewöhnte. Mein Gott, jetzt waren sie bei Boston angelangt. Ich preßte mir die Hände auf die Ohren und drängte mich an den Gestalten vorbei zum Plattenstapel. Es ging hoch her, die Kollegen schwenkten Pullen, gröhlte aus vollem Hals den Refrain: *More Than A Feeling ...*

Franz torkelte mir entgegen und glotze mich an. Seine glasigen Augen tränten. Er rülpste, verschluckte sich und grinste blöde. Irgend jemand stellte ihm ein Bein, Franz schlug lang hin, japste und kotzte ausgiebig. Ich zog angeekelt weiter, suchte mit ein frisches Bier und wühlte in Yogies Platten. Der Power-Rock oder was immer das auch sein sollte, was die Amis da stumpf und monoton in die Rille gepresst hatten, nahm und nahm kein Ende. Ich beugte mich näher ins Licht über den Plattenstapel. Pink Floyds »Wish You Were Here« hatte Yogie hier. Nicht schlecht.

Ich wollte mich gerade ins Cover einlesen, als mich Annette mit sanftem Druck beiseite schob und mit einer eleganten Bewegung ein Bier aus der Kiste fingerte. Mein Herz machte einen Sprung. Sie musste wohl gekommen sein, als ich draußen war. Sie guckte mich an, lächelte und formte ein tonloses »Hallo«.

Ich murmelte ein undeutliches »Hi« und zeigte ihr die Floyd-Scheibe. Sie nickte. Ich unterbrach die Boston-Rocker in ihrem jämmerlichen Tun, stoppte abrupt den Spieler und handelte mir sofort Buhrufe und Schläge-Androhungen ein. Yogie, ein kräftiger Kerl, sprang auf, hielt die Großmäuler zurück. Wagemutig schmiss ich Gilmour, Waters und Co auf den Teller, drehte den Lautstärkeregler hoch und flätzte mich mit Annette in die Ecke, wo die Boxen standen. Noch immer murrten die Kollegen, doch sie waren schon zu besoffen, um aufzustehen.

Das flauschige Keyboardintro von *Shine On You Crazy Diamond* schwebt nun im Raum und schafft aus dem Stand eine friedvolle Atmosphäre. Diese meditativen Schwingungen lähmen die Kollegen oder nehmen sie gefangen, ich weiß es nicht. Ist mir auch egal. Auf jeden Fall steigen sie locker mit ein und es wird es still, auffallend still. Ich kurbel uns schnell zwei Kippen, rücke die Kerze näher und betrachte im flackernden Schein Annettes fein geschwungene Lippen. Sie raucht langsam, pafft ab und an kleine Ringe in die Luft. Annette bemerkt meinen forschenden Blick, zieht die Beine an, umschlingt sie mit ihren Armen, legt den Kopf ein wenig schief auf die Knie und lächelt: lang und lieb. Ich bin hin und weg. Ihr Körper wiegt sich im Rhythmus der magischen Melodie. Gilmours sanftes Gitarrenspiel macht mich mutig. Ich streichel ihr zärtlich die Wange. Annette dreht den Kopf, sagt etwas, was ich aber akustisch nicht auf die Reihe bekomme.

Die Kollegen singen tatsächlich mit oder wippen mit den Köpfen oder haben die Augen geschlossen oder halten ihre Frauen im Arm oder wirken sehr entspannt. Ich lege meine Hände auf Annettes Schulter, ziehe meine Traumfrau enger an mich heran, schaue gebannt in ihre wunderschönen Augen. Sie hält den Blick und mir rieselt's kochendheiß den Rücken runter. Mein verrückter Diamant streicht sich die Haare aus dem Gesicht und drückt mir einen zarten Kuß auf den Mund. Ich versinke in ein wohliges Meer aus Musik und Mief, in meiner Hose tobt der Bär. Ganz ruhig Junge, denke ich, ganz ruhig. Doch umsonst: Das bluesig-geblasene Saxofon übernimmt nun die Melodieführung und zeigt mir, wo's langgeht. Ich fühle mich augenblicklich wie ein junger Gott.

Wir kippen seitlich auf den Teppich, zerquetschen uns fast. Nahtlos geht's über in den Pingpong-Effekt der akustischen Gitarre und zum säuselnden Synthi-Sound aus *Welcome To The Machine*. Der Sound macht uns heiß, lässt uns hemmungslos werden. Ich presse mein Bein zwischen ihre Schenkel und reibe wie dull. Annette wird hektisch. Ihre Hand krallt sich in meinen Oberschenkel. Ich verspüre nur noch ein gieriges Zittern. Weiß ich, was der da singt? Unsere Zungen diktieren ein Tempo, da kommt Pink Floyd nicht mehr mit. Wir rollen umher, drücken, wippen, stoßen, sind ein Körper, ein Geist, eine Seele. Wir haben plötzlich tausend Hände und nur noch einen Wunsch.

Die erste Seite ist noch nicht ganz vorbei, da bringt uns ein klirrendes Geräusch neben unseren Köpfen in die Wirklichkeit zurück. Annette zuckt hoch, schreit leise auf und zeigt hinter meinen Rücken. Ich drehe mich unwillig um und sehe den versoffenen Franz, wie er gerade dabei ist, eine Zwei-Liter-Flasche Lambrusco über uns auszugießen. Er wankt beachtlich, stiert uns fies an. Ich springe auf, schlage ihm blitzschnell die Flasche aus der Hand und hau' ihm eine runter. Franz kippt weg, findet keinen Halt und knallt lauthals fluchend und volle Kanne in den Plattenspieler. Mit großem Getöse bricht Pink Floyds Klanggemälde auseinander. Großes Hallo auf einmal, die Kollegen werden wach und – als hätte man nur auf dieses Startzeichen gewartet – plötzlich fliegen die Fetzen.

Von wegen, Pink Floyd sorgt für Entspannung.

Der Lange knallt dem Katlinski einfach einen in die Fresse. Der fällt rückwärts auf Franz, der sich noch gar nicht aufrappelt hatte. Die Frauen sind genervt von der Randale, stehen zusammen mit Annette bereits am Treppenabsatz. Yogie hat sich respektvoll mit einem Mikroständer bewaffnet, hält die anderen in Schach. »Schluss jetzt!«, bölkt er sie an. »Wenn ihr saufen wollt, dann seid ruhig. Wenn ihr euch kloppen wollt, dann draußen. Könnt euer Bier mitnehmen!« Yogie hat natürlich auch Schiss davor, dass sie ihm an die Instrumente gehen. Da versteht er nämlich keinen Spaß. Ich auch nicht. Deshalb helfe ich ihm mit, sie an die Luft zu setzen. Und tatsächlich, die anderen nehmen sich eine Kiste und ziehen ab. »Scheiße, Alter, ist doch scheiße hier!«, lallen sie beim Rausgehen. Dann ist wieder Ruhe. Franz und Katlinski und der Lange aus Harpen hocken ziemlich apathisch in der Ecke und tupfen sich die blutigen Stellen sauber, klammern sich aber schon wieder an der Bierflasche fest und wollen unbedingt die »2112« von Rush hören.

Wir blieben noch eine Weile, räumten mit Yogie auf, dann schoben Annette und ich ab zur Bushaltestelle. Am 20. Juli 1976 gelang nach einigen erfolglosen Versuchen der unbemannten NASA-Sonde Viking 1 die erste erfolgreiche Landung auf dem Mars. Eine Woche später glückte mir das Abenteuer, ebenfalls nach einer längeren Anlaufzeit, bei Annette zu landen; für 17 Minuten und 32 Sekunden hatten wir heute eine sehr gute Zeit. Und uns war sonnenklar, was demnächst bei der zweiten Seite der Platte, die 23 Minuten und 10 Sekunden dauert, passieren würde.

# Auf dem Land I

## Mit *Jessica* und Southern-Rock in stimmungsvoller Landschaft

Wir sitzen am Frühstückstisch, kauen bedächtig die knusprigen Brötchen mit Erdbeer-Marmelade und gucken noch müde und vom gestrigen Grasmähen mit der Sense muskelverkatert durch das halb geöffnete Fenster. Durch den schmalen Spalt drängt sich kühler Morgennebel hinein, schwebt eine Weile über der Butter, stößt dann an die Kaffeekanne, löst sich auf und hinterläßt ein paar Tropfen am Griff. In der Ferne begrüßen die drei Kühe von Bauer Maiworm den Tag, muhen nacheinander ihre Müdigkeit heraus. Unser Hund schläft noch. Denken wir. Doch Judith ist schon wach, leckt emsig über ihre Vorderpfoten, gähnt dann ausgiebig, reckt sich, reckt sich nochmals und – legt sich wieder hin.

Mit Jürgen zusammen waren wir anfangs zu dritt in unserer Wohngemeinschaft. Stimmt gar nicht, da war auch noch Ulrike, die mit Hartmut liiert war. Aber nicht lange. Lag daran, dass ihre unberechenbaren Stimmungschwankungen häufig in Tobsuchtsanfällen ausarteten. Keine Ahnung warum. Ich kam mit ihr nicht klar. Ab und an besuchten uns Leute aus Bochum, blieben ein, zwei Tage, redeten viel über das, was sie alles mal tun wollen und organisieren werden und warfen sich dann doch nur ihre Trips ein, genossen ihren Rausch auf der nahegelegenden Waldlichtung, fuhren dann wieder zurück. Die konnten mit unserer Idylle augenscheinlich nichts anfangen.

Ich machte das Fenster weiter auf, atmete tief den würzigen Tannennadelduft ein, suchte die Musikcassette mit dem »Rockpalast«-Auftritt, den Hartmut gestern Abend aufgenommen hatte. Dicky Betts, der ehemalige Gitarrist der Allman Brothers, spielte nach Spirit und Mothers Finest als letzter Act. Und er ließ mit seiner Great Southern-Band diese federnde und relaxte Südstaatenmusik lebendig werden und verzichtete natürlich nicht auf *Jessica*. Vorspulen, warten, noch ein bisschen vorspulen und – klack, das Band lief endlich an und entliess dieses unverwüstliche instrumentale Kleinod zunächst in unsere Küche. Doch die Musik hielt sich dort nicht lange auf, pflanzte sich fort und weiter hinaus, vereinnahmte die friedliche und stimmungsvolle Landschaft, die sich hinter der schmalen Straße vor unserer Haustür auftat und verschmolz mit der gurgelnden Melodie des schmalen Baches, dessen sanfter Strom sich glucksend an den Steinen brach. Wahnsinn! Wie oft schon hatte ich *Jessica* mit den zweistimmigen Gitarren-Sätzen gehört. Und jedesmal spürte ich ein Kribbeln in der Magengegend, und es kam mir dann vor, als müßte ich jetzt und sofort aufspringen und … ja, genau das war der Punkt. Und was? Diesmal war alles ganz anders.

Jürgen nervte zu oft und drehte einfach zu viele krumme Dinger. Nicht nur, dass er im großen Stil den Leuten defekte Kühlschränke, die er aus dem Sperrmüll gefischt hatte, verkaufte und uns somit – weil man gegen ihn Anzeige erstattet hatte – die Polizei ins Haus brachte. Auch seine dubiosen Geschäfte mit Drogen und Schrottautos und dem Benzinklau riefen immer häufiger die

Kripo auf den Plan. Es folgte das Rauchgiftdezernat, dann wieder die Kripo und so fort – so hatte ich mir das Landleben nicht vorgestellt. Wir schmissen ihn irgendwann raus.

Als die allererste »Rockpalast«-Nacht gesendet wurde, wohnten wir noch in der Stadt. Rory Gallagher, Little Feat und Roger McGuinns Thunderbyrds guckten wir zusammen mit der Clique in der viel zu engen Wohnung vom Ulli. Es gab Pils und Haschischkuchen, Chips und Käse, Gulaschsuppe und Schokolade. Wir waren schon eine verschworene Gemeinschaft, die sich da in der Juli-Nacht 1977, 23 Uhr Ortszeit, vor dem Bildschirm gruppiert hatte. Parallel zum Fernseh-Bild gab's im Radio den Stereo-Ton, und es hätte alles so schön sein können, wenn nicht die Sicherung der Endstufe von Ullis Anlage durchgeknallt wäre. Natürlich passierte dies kurz vor der Sendung und deshalb konnten wir die ganze Nacht nichts in Stereo hören, mussten uns mit dem Fernsehton in Mono begnügen. Aber wir schlossen die zwei Boxen an die Flimmerkiste an und bildeten uns ein, dass wir unterm Dach an der Herner Straße den gleichen Raumklang hätten, wie die 4000 Leute in der Essener Grugahalle.

Micha, der Gitarrist, und Benny, der Bassmann, wohnten zwar nicht bei uns, waren aber fast täglich da, weil ich mit ihnen musizierte. Micha kam aus Bochum, absolvierte in der Nähe von unserem Haus seinen Zivildienst in einer Familienfreizeitstätte. Benny lebte in Olpe. Mit Gitarre, Bass und Schlagzeug rockten wir uns funk- und bluesmäßig einen lockeren Stil zurecht, der später noch durch die Stimme von Emil, einem Bayern, den es nach Drolshagen verschlagen hatte, verstärkt wurde. Auftritte hatten wir wenige. Auf einem Feuerwehrball improvisierten wir über das Thema unseres einzigen Stücks, weil wir mehr noch nicht hinbekommen hatten. Ein anderer Auftritt war in Bochum, bei einem Festival in der Ruhrlandhalle, als Benny sturzbetrunken auf der Bühne stand, trotzdem aber noch den Takt halten konnte.

Mir kam es schon wie eine Ewigkeit vor. Dabei lag der erste »Rockpalast« erst etwas mehr ein halbes Jahr zurück. Als wir es uns gestern Nacht beim zweiten »Rockpalast« in aller Stille vor dem kleinen, geliehenen Farb-TV bequem machten, ständig an der Antenne fummelten, um einen guten Empfang zu bekommen, redeten Hartmut und ich darüber, wie schnell wir unseren Entschluss, aufs Land zu ziehen, doch wahrgemacht hatten. Das ging ja fast von heute auf morgen. Das etwas windschiefe Bauernhäuschen hatte fünf Zimmer, Garten und einen Stall, den ich zum Probenraum ausbauen wollte. 280 Mark Miete im Monat! Dafür gab's in der Stadt nicht einmal eine ordentliche Drei-Zimmer-Wohnung. Den Job gekündigt, ein paar Sachen zusammengepackt, die Autos beladen und dann ab ins Sauerland. Und in Gipperich fühlten wir uns sauwohl. Nicht deshalb, weil wir Ökos waren. Nein, wir waren schon richtige Stadtjungs, Thekenturner und so.

Später wohnte ein Musiker aus Kierspe mit seiner Freundin bei uns, dem ich es zu verdanken hatte, dass ich nach einem heftigen Stromschlag wegen seines defekten Gitarrenverstärkers ins Krankenhaus eingeliefert wurde. Als ich die Gitarre einstöpselte und den Amp anklickte, floss der Strom direkt durch mich hindurch. Ich klappte zusammen und schlug rücklings auf den Boden, konnte mich allerdings nicht von der Gitarre lösen, da ich daran regelrecht festklebte. Ich weiß auch nicht, wie lange ich unter Strom stand, vielleicht eine Minute, vielleicht auch länger. Ich weiß nur, dass ich alles um mich herum nur noch im Zeitraffertempo wahrnahm.

Was war mir nicht schon alles durch den Kopf geschossen, wenn ich Musik hörte. Ganz bestimmte Musik hörte. Eben auch *Jessica*. Einfach mal weglaufen, alles hinter sich lassen, etwas Neues wagen, sich ausprobieren. Einfach so. Und jetzt, am frühen Morgen, wurde mir wieder klar, wie wichtig es gewesen war, aus der rußverschmierten und grauverschleierten Stadt zu ziehen und all diese Leute hinter sich zu lassen, die ich wirklich nicht mehr hören noch sehen wollte: die penetranten Besserwisser und unzuverlässigen Kiffer, die schnorrenden Weltverbesserer und haltlosen Trinker, die sprücheklopfenden Gerichts-Azubis und die karrieresüchtigen Beamtenanwärter. Ich mochte schließlich auch diese Fragen nicht mehr:

– Welche Kneipe nehmen wir heute?

Weiß' nicht … schlag du was vor …

– Ins Jugendheim?

Ach nee, da gibt's immer Ärger mit den Rockern …

– Also doch Kneipe?

Weiß nicht …

– Wie wär's mit Kino?

Ach nee, da gibt's doch nur diese blöden Karatefilme …

Also nach Hause. Musik hören. Quatschen über die Arbeit. Trinken und Träumen. Dann wieder Herumziehen. Quatschen über die Arbeit. Hartmut und ich fühlten uns jedenfalls wie die Geier aus dem Dschungelbuch, die schlapp auf dem Ast saßen und auf irgendwas Außergewöhnliches warteten. Bis wir die Vermietungsanzeige lasen.

Sprechen konnte ich auch nicht. Ich fühlte mich wie gelähmt. Zum Glück war der Typ mit im Raum und sah, dass da irgendwas nicht stimmte. Er fand auch schnell den Hauptschalter und drehte den Saft ab. Die Ärzte sagten mir später was von Herzmuskelriss-wäre-möglich-gewesen und Sie-haben-aber-sehr-viel-Glück-gehabt und versorgten zunächst die schmerzenden Brandwunden an meinen Handinnenflächen, die durch den ein- und ausfließenden Strom verursacht wurden. Als ich nach einer Beobachtungswoche wieder nach Hause kam, war der Typ bereits ausgezogen und verschwunden und hatte Hartmut weder die fällige Miete noch eine Entschuldigung zurück gelassen.

Ich freue mich ungemein auf das, was noch alles kommen wird. Und ausgerechnet *Jessica*, diese alte Nummer, spielt zum Neuanfang den Soundtrack dazu. Ich bin wirklich mal gespannt, wie's bei uns auf dem Lande weitergeht. Und in knapp sechs Monaten, also im September, soll die dritte Rocknacht übertragen werden.

# Alles klar, Herr Kommissar?

## Das Wunder der Neuen Deutsche Welle, kurz: NDW

Huch, was ist denn das auf einmal?

Legionen von fröhlichen jungen Menschen bevölkern die Hitparade, trällern Berg- und Tal- und Spaßlieder, loben die *Rote Rose, Rote Rose, Rosemarie*, lassen – *Drah di net um, der Kommissar geht um* – höher bestallte Ordnungshüter tanzen. Die Band Extrabreit aus Hagen veröffentlicht »Ihre größten Erfolge« und läutet mit der Single *Hurra, hurra, die Schule brennt* ein interessantes musikalisches Zeitalter in Westdeutschland ein: Die Neue Deutsche Welle, kurz: NDW. Augenscheinlich entwickelt sich in der Republik zum ersten Mal eine eigenständige Popular-Musik.

1981 absolvieren die »Fantastischen Fünf« aus dem Sauerland ihre erste bundesweite Tournee. Die Umsatzzahlen der Debüt-Scheibe steigen in schwindelnde Höhen. Der Erfolg der »Breiten« pumpt tonnenweise Selbstbewusstsein in die erst zart wachsende teutonische Subkultur, die noch vom aggressiven Mülltonnenrock Britanniens gefärbt ist. Doch über Nacht beginnen innovative Ableger zu sprießen, überwuchern zunächst die Großstädte, dringen schließlich in die entlegenen Winkel des Landes ein. DAF, Ideal, Fehlfarben, Wirtschaftswunder und viele mehr entfalten frische Sounds und freche Texte; ihre ersten Veröffentlichungen entstehen im Do-It-Yourself-Verfahren zunächst auf Cassetten, dann auf Schallplatten, die bei kleinen Labeln der Punk-Branche erscheinen.

Extrabreit veröffentlichen »Welch ein Land! Was für Männer« mit schickem 3-D-Cover. Auch dieses Album erreicht binnen kürzester Zeit erste Plätze in der Verkaufshitparade. Die Songs *Flieger* und *Polizisten* sind Gassenhauer. Plötzlich scheint alles verkäuflich: Elektronische Minimalismen, ruppigcoole Gitarrenklänge und experimentelle Verspieltheit. Natürlich auch modernistischer Lärm (*Grünes Winkelkanu, ich dreh' dir den Hals um*, Palais Schaumburg, 1981) oder Reminiszensen an die Tralala-Musik der Elterngeneration (Fred Bertelmanns *Lachender Vagabund*, neu eingespielt von Jürgen »De Plaat« Zeltinger, 1983) – nichts ist unmöglich. Doch ehe man die NDW richtig bemerken oder analysieren oder interpretieren oder genießen oder verfluchen kann, da war sie auch schon – schwupp – über einen weggeschwappt.

Die NDW war alles und nichts und vor allem nicht zu überhören und strotzte nur so von musikalischer Vielfalt. Andreas Dorau, Hubert Kah, UKW, Frl. Menke, Spider Murphy Gang, ZaZa, Cats TV, Vera Kaa, Interzone, Fee, Bleibtreu Revue, Fred Banana Combo, Zatopek, Zoff, Grauzone, Rheingold, BAP, Bel Ami, MauMau, Bärchen und die Milchbubis, Der Moderne Mann, Neue Heimat, Spliff, Nichts, Die Krupps, Östro 430, Neonbabies, Erster Futurologischer Kongress, Joachim Witt, Falco, Kowalski, Gesundes Volksempfinden, Din A Testbild, Foyer Des Artes, Der Plan, Sprung aus den Wolken, Prima Klima, Schroeder Roadshow, Konéc und und und …

Namen über Namen, so lautmalerisch bunt durcheinandergewürfelt wie Gummibärchen in einer Familienpackung. Bands und Einzelkämpfer waren darunter, Produzenten nur oder Duos und Trios. Und alle, alle, alle sangen deutsche Texte. Aus Hamburg kamen sie, aus Essen, aus Dortmund, aus München, aus Hannover, aus Düsseldorf, aus Berlin, aus Aschaffenburg, aus Frankfurt, aus Bochum, ja selbst aus Großenkneten.

Und was blieb nach vier Jahren NDW?

Auf jeden Fall eine Menge Musik, aus der sich wieder neue Musik entwickelte. Zwischen 1980 und 1984 machte es immensen Spaß, sich in all die unterschiedlichen Klänge und purzelputzigen Texte hineinzuhören, die da von aberhunderten Musikerinnen und Musikern produziert wurden. Was noch Ende der 1970er-Jahre undenkbar war, dass nämlich Avantgarde, Jazz, Minimalismus, Punk, Dilettantisches und Schlagerhaftes gleichberechtigt und familienfreundlich in die Radiostationen, TV-Sender oder Hitparaden einziehen konnte, das funktionierte nun. Wichtigste Voraussetzung: Es mußte deutsch gesungen werden.

Dass sich Pop und Rock und deutsche Sprache miteinander vertragen, bewies einst Udo Lindenberg. Und die Bands, die um 1979/1980 die Bühnen betraten, hatten von ihm gelernt und fabulierten nun drauf los, dass es (meistens jedenfalls) eine Freude war. Ob Liebe, Sex, Pubertätsklatsch, Statements zur politischen Lage oder einfach nur reiner Blödsinn – das Motto hieß: *Keine Atempause, Geschichte wird gemacht, es geht voran* – so sangen die Fehlfarben und unterhöhlten mit ihrem hastigen Rock und ihrer lässigen Rotzigkeit die angloamerikanische Dominanz. Die neue Hörergeneration, die sich nicht mehr mit englischsprachigen 20-minütigen Softrock-Ouvertüren beschäftigen wollte, lechzte nach reizwortlastigen, lustigen, derben, verspielten Drei-Minuten-Songs zum Mitträllern und/oder Mittanzen.

War die NDW auch eher ein von Plattenfirmen und Medien geschaffenes Konstrukt, so wurde doch auf dieser Woge manch Hinterlistig-Schräges und manch Genial-Geiles in die Gehörgänge der Konsumenten geschwemmt. Zur NDW gehörten die Pop-Clowns von Trio (*Da Da Da*) ebenso wie die Maschinenarbeiter DAF mit ihren metallisch-provokanten Stakkato-Rhythmen (*Der Mussolini*), die Berliner Cool-Rocker Ideal (*Deine blauen Augen*), die immerfröhliche Nena (*Nur geträumt*), der hibbelige Kurzhosenträger Markus (*Ich will Spaß*) oder Foyer Des Arts (*Das ist ein netter junger Mann / was der sich alles merken kann / Es gibt ja so viel wissenwertes über Erlangen*).

Nun will ich nicht behaupten, dass der NDW-Mix ausschließlich gut, gut, supergut war. Keineswegs. In der Anfangs- und Hochphase der Neuen Deutschen Welle war's und blieb's allerdings spannend. Die NDW-Künstler der ersten Stunde waren kreativ, gaben sich selbstbewußt, hatten Erfolg und beeindruckten sogar das Ausland. Auf die Kunst aber folgte erst der Kitsch, dann der Kokolores. Die Moden wechselten in den 1980er-Jahren schneller als früher, die Trends ebenfalls und die Stars sowieso. Gerade noch farbenfroh gekleidet und mit lässiger Attitüde, war von nun auf gleich das dezentere Outfit zur coolen Miene angesagt. Und wer glaubte, mit der Wandergitarre Eindruck schinden zu können, griff schon bald zur E-Gitarre, um dann doch flugs zum Umhänge-Keyboard zu wechseln. So ging das hin und her, denn es gab Videoshows und das Auge »hörte« mit.

So hüpften auch die Plattenabsätze mal rauf, mal runter, doch irgendwann um 1983 herum stagnierten sie. Und es mußten neue Etiketten her, um die NDW weiterhin am Markt halten zu können. Plötzlich tauchten Begriffe auf wie »Frolleinwunder«, »Wertstabil«, »Neue Deutsche Tanzmusik«, »Neue Deutsche Unterhaltungsmusik« – es ging unübersehbar bergab und schlagermusikalisch zurück in die Zeit des Wirtschaftswunders.

Was den Punker oder New Waver irritierte, den Popper aber nicht weiter störte. Allüberall tuckerten nämlich nun schicke junge Männer mit der Vespa zum Eiscafé und man goutierte dort Frl. Menke, die zunächst dem Kraxler Louis Trenker mit ihrem Lied *Hohe Berge* ein Denkmal setzte, schließlich mit dem *Tretboot in Seenot* geriet. Oder auch alte Hits, neu aufgelegt: Vera Kaa mit Manuelas *Schuld war nur der Bossa Nova*, die Neue Heimat mit Heintjes *Ich bau' dir ein Schloß* oder, wie schon zu Beginn erwähnt, Zeltingers Version vom *Lachenden Vagabund.* Die andere Fraktion, die harten Jungs, kämmte sich Wet-Gel in die Tolle, hörte 1950er-Jahre-Rockabilly-Sounds neu interpretiert von den Ace Cats (*Heut nacht*), starrte jenen Mädchen hinterher, die plötzlich aussahen wie Karin Baal in »Die Halbstarken«: nämlich mit Pferdeschwanzfrisur, Steghose und Karobluse.

Nun gut.

Zu diesem Zeitpunkt allerdings existierte die NDW nur noch auf fragwürdigen Samplern, die solche Titel trugen wie »Das pralle Leben«, »Neuzeit«, »Alles in Butter«. Hier wurde an Künstlern zusammengefügt, was überhaupt nicht zusammenpaßte (außer, dass deutsch gesungen wurde). In den Hitparaden dudelten immer mehr Songs, die nach zwei, drei Wochen auf weiteren fragwürdigen Samplern archiviert wurden. Doch da feierte der Österreicher Falco, dessen Großtadt-Rap *Der Kommissar* gemeinhin als NDW-Hymne galt, schon längst internationale Erfolge, da dämonisierten die Berliner Einstürzenden Neubauten bereits ein betuchtes Schickeria-Publikum.

NDW-Musik im Endstadium war nur noch Unterhaltungsgesummse; sie bot weder Identifikation noch Inhalte, noch wirkte sie fortschrittlich, beeinflussend oder zielsetzend. Gleichviel. Die NDW allerdings machte den Weg frei für ein neues Selbstverständnis. In den 1980er-Jahren erfuhren deutschsprachige Songs jeglicher Couleur einen enormen Auftrieb und konnten sich fest in den Charts und in den Herzen der Fans etablieren. Und zwar spartenübergreifend und bis auf den heutigen Tag.

# Auch Ästheten kuscheln gern

## Im Wohnparadies mit *Josephine* von Chris Rea

Möbel kaufen hat sehr viel mit Träumen zu tun, wenn man noch nicht weiß, was man will. Aber wir gucken erst nur, sagen sie sich beim Frühstück, da sie natürlich nicht wissen, was sie wollen. Damals, als sie sich kennenlernten, da wussten sie wenigstens, welche Musik sie mögen. Beim Konzert von Chris Rea war das. Und als er bei der »Rockpalast«-Aufzeichnung in der Bochumer Zeche *I Can Hear Your Heartbeat* spielte, küssten sie sich zum ersten Mal. Jetzt, zwei Jahre später, sind sie endlich zusammengezogen und küssen sich immer noch zu den Songs, vor allem zu denen auf der neuen Platte »Shamrock Diaries« die sie rauf und runter hören, weil da dieses gefühlvolle *Josephine* drauf ist.

Kurz nach zwölf, nachdem die beiden schon mehrere handgewischte Eiche-natur oder komet-blaue Küchenzeilen-Meter abgelaufen, die rustikale Stilmöbel-Welt besucht und ausgelassene Matratzentests gewagt haben, jetzt erst sind sie mittendrin im vollgestellten Wohnparadies. Schlendern. Schauen. Staunen. Und lauschen den Ausführungen einer wortgewandten Verkäuferin, die einer unsicher wirkenden alleinstehenden Dame mittleren Alters glücklos die futuristisch gestylte Bettanlage mit Leatherlook-Polster für die Kopfteilparade anpreist. Mondän, sagt er, und die attraktive Verkäuferin, auf deren Namensschildchen »Es bedient Sie Bettina« steht, lächelt ihn an, deutet auf die kaum sichtbaren eingebauten Lautsprecher in der Kopfleiste. Mit Stereoanlage, sagt Bettina einschmeichelnd. Und ohne Aufpreis. Er nickt interessiert, denkt daran, wie sich wohl *Josephine* in diesem Bett anhören würde, sagt aber danke schön, wendet sich nach links und der äußerst dekorativen und alufarbig-glänzenden Wohnwand-Kombination der »Sky«-Serie zu.

Toll, sagt er, fährt mit seiner Hand an dem glatten, kühlen Holz entlang, geht in die Hocke, öffnet eine der drei Schubladen, deren Fronten mit hauchdünnen Metallplatten veredelt sind, und überlegt, ob sich die CDs hier drin wohl fühlen würden. Die Lade gleitet geräuschlos vor und zurück und schließt mit einem satt-sanften Plopp fest zu. Da kommt kein Staubkörnchen hinein, ist er sich sicher. Anders als bei seinen selbst gebauten Holzkisten auf Rädern zuhause, die sich beim Zurückschieben immer an den Regalfüssen verhaken. Sie sagt: nicht schlecht, und ist bereits zwei Schritte voraus, piekst mit ihrem rechten Zeigefinger geistesabwesend in den butterweichen blauen Soft-Lederbezug des Zweisitzers »Corsa«, mit der linken Hand streichelt sie das Seitenteil des fast zwei Meter hohen metallenen Regalsystems »Diana« mit Böden aus gehärtetem Glas und den zierlichen chromfarbenen Schmuckkrönchen an der Spitze. Wär' doch was für die Bücher, sagt sie und er sagt, na ja, aber Glas zieht Staub an, während sie noch zweimal sinnierend ums Regal herumgeht, sich dann bückt und feststellt: dass sie doch auf der gut eineinhalb Meter langen Bodenplatte ihre Lieblings-Stofftiere platzieren könnte.

Lass' uns doch erst mal gemütliche Sofas ausprobieren, sagt er. Das rot-weiß gestreifte »MR 8 100« mit den Sockelfüßen beispielsweise oder das »Island«-Modell mit dem seegrünen Bezug und dem Stahlgestell.

– Der Mensch von heute ist auch schon ein bisschen der Mensch von morgen!

Diese Käufer-Charakteristik haben sie irgendwo in einem Katalog gelesen und die hat ihnen Mut gemacht. Eben nicht das haben, was alle haben. Chic soll es sein. Zeitlos muss es sein. Mehr Kriterien sollen ihre neuen Möbelträume nicht erfüllen. Muss man eben sehen. Aber die mehrteilige Wohnlandschaft »Avignon« wirkt so unverrückbar und trutzburgig wie ein tonnenschwerer Granitbrocken an der bretonischen Felsenküste. Sowas nie, sagt sie und geht schnell weiter zu dem quietschgelben Dreisitzer »Josephine«.

Oh, schau mal, sagt sie aufgeregt und lässt sich ins lose eingelegte Polster fallen. Mmmh, sagt er versonnen. Sie ruckt hin und her, bis sie es bequem hat, schließt die Augen, kreiselt mit der rechten und linken Hand gleichzeitig über die Sitzfläche, klopft schließlich darauf und sagt, komm' her! Er setzt sich zu ihr, hält die Produktinformation hoch und liest vor:

– Die Frage nach dem Sinn eines Polstermöbels wurde selten so konsequent beantwortet: ‚Josephine' ist Forum, Treffpunkt und Refugium – denn auch Ästheten kuscheln gern!

»Josephine« ist ihr Ding, das wissen sie sofort. Doch knapp 2000 Mark fürs farbenfrohe Refugium sind nunmal eine Menge Geld, wenn man gar nicht weiß, was man eigentlich will. Und so bleiben sie einfach nur hier sitzen, kuscheln unbeobachtet und träumen sich mit »Josephine« aus dem Wohnparadies heraus und hinein ins knapp 12qm große Wohnzimmer daheim. In Gedanken werfen sie ihre alten Möbel auf den Müll, und liegen auf dem Stereo-Bett und lauschen den sanften, einschmeichelnden Klängen des irischen Softrockers und freuen sich über lautlos gleitende Schubladen und sehen glückliche Stofftiere im Glasregal und sind im Hier und Jetzt und doch ganz weit weg.

# Kalte Latte im Schlachthof

## Industrial-Avantgarde und Police-Befindlichkeiten

… das Zimmer versinkt hilferufend im rötlich-samtenen Licht; widerwillg rutscht das glimmende Flämmchen am Räucherstäbchen herunter; der Vanille-Duft schwebt unschlüssig zunächst, schließlich in Lauerstellung verharrend zwischen den Boxen und kann sich nicht entscheiden: zwischen dem psychedelischen Geruch von gestern und der Frischwärts-Brise von heute. Ist ja auch schwer, wenn sowas wie Police läuft. Wenn solche artifiziell-zeremoniellen Klangfarbenkämpfe in strenger Reggae-Metrik aufflammen …

… ich schlendere lieber durch versiffte U-Bahn-Schächte und mag eher dieses schwermetallig-gallige unromantische und angst- und bangemachende ModerneZeiten-SchienenwagenGeratterRummsGetöse und höre solche Lärm-Gruppen wie das Socialistische Patienten Kollektiv, Birthday Party, die Einstürzenden Neubauten oder Bauhaus oder Blurt. Gucke in gräulichen Hinterhöfen und in kaltlichtdurchfluteten, stillgelegten, vollverfliesten Schlachthöfen Rundumschlag-Avantgarde. Musik-Kunst-Film-Aktionen. Mag hektische Maler, die weinend und schreiend Farbe schleudern und Exkremente. Keine Leinwand kleiner als zwei mal zwei Meter …

… The Police waren laut und krachig – damals. Bass, E-Gitarre und – boom boomboom boom crash – Drums. Sonst nichts. Doch: Gesang. Aber wie!

*Ne- Ne- Ne- Next To Yoooooouuuuu…!*

Sieh' an, Sting at it's best. Lehrer haben also auch Emotionen. Dabei ist das erst drei Jahre her. Aber da schrieben wir noch die 1970er-Jahre und Sting, Stewart und Andy hatten blondgebleichte Haare, waren Punk-Bengel & New-Wave-Engel in einem und spielten kreislaufstimulierend-hetzenden Wave-Reggae-Rock. Waren als flotter Dreier ihrer Zeit aber so was von weit voraus.

*So Lonely, So Lonely, So Lonelyyyyyy …!*

Sind dann reich geworden. Und immer künstlerisch-künstlicher. Und machen jetzt arrivierte, seriöse, fast schon symphonische Musik. Und dann diese Plattentitel: »Synchronicity«, »Zenyatta Mondatta«, »Ghost In The Machine«. Schwer hintergründig wie weiland die Titel von Yes- oder Genesis-Platten …

… ich will Männer sehen, die mit haarlosem nackten Oberkörper und mit schweißnassen pizzatellergroßen Händen Eisenstangen würgen und Einkaufswagen verbiegen, die mit bohrhammerharten Fäusten Blechwannen traktieren, dann aber mit sensiblen Fingern Filigranarbeit an Drum-Machine und Sequenzer leisten. Mag hagere, bleiche Frauen, die sich wahlweise in ihrem eigenen Ekel oder in ihrem Weltschmerz oder in ihrer orgiastischen Lust wälzen, schwarze Strumpfhosen zerreißen, schwarzen Lippenstift auf heiße Lenden schmieren, sich mit Glassplittern ritzen und computerunterstützte Sirenengesänge intonieren …

… da liegen sie immer noch am Boden, wie einst im Mai, und goutieren The Police: Mit geschlossenen Augen sowas wie Klammerblues dazu tanzen und Vanille einatmen oder hockend und oberkörperwippend Lauschen. Beim »Rockpalast«-Konzert am 18. Oktober 1980 ging's noch schweißig-hitzig-pogotanzend zu in der Wohnung:

*Roooooooooooooooxanne, You Don't Have To Put On The Red Light …!*

ZACK, knallte die Blumenvase auf den Boden …!
ZACK, kippten drei halbvolle Flaschen Bier vom Stuhl …!

Und jetzt, das neue Video, *Every Breath You Take* – Drei ernste Gesichter mit existenzialistisch eingeschminkten Mienen, halbdunkelspärlich ausgeleuchtet. Natürlich schwarzweiß das Ganze. Oh, wie wichtig nichtig. Nix wie RAAAUUUSSS …

… und lieber wieder ins grelle Licht. Da, wo gepöhlt wird mit den Noten …

TSCHOK!

Sieh' nur, wie sie getreten werden und gequält und dann zersägt und dann zerfetzt. Hör' nur, wie diese gebeutelten Kreaturen aus dem ohrenbetäubenden Lärm ihre Angst herausschreien … Und immer wieder gibt's noch einen drauf und noch einen …

BAMM!
ZERR!
RATATONG!

Strukturen? Arrangements? Wozu? Weg damit! Mein Kopf ist ein Labyrinth, mein Leben ist ein Minenfeld … Bargeld statt Schecks, Selters statt Sekt. Punktum. Emotion ist alles! Wild, wild, wild. Und alles klar und durchschaubar. Kein rotes Licht. Keine Schminke. Kein DeDooDooDoo- und DeDadada-Blabla. Und alles geht ab in einem dermaßen irren Tempo, als hätten die 1980er-Jahre nur ein paar Stunden Zeit zum Leben …

… zuhause immer noch das gleiche Bild. Welche Police-Platte hören die nur? Wen interessieren denn diese weinerlichen Befindlichkeiten satter Popmusiker:

*Hey, Herr Dinosaurier, du warst zwar Gottes bevorzugte Kreatur und hattest trotzdem keine Zukunft. Wir schreiten in deinen Fußspuren …*

Gräßlich! Oder auch:

*Jeder, den ich kenne, ist einsam und Gott so weit weg. Mein Herz gehört niemandem, deshalb bete ich manchmal zu dir …*

Ist ja schauderhaft! Jetzt hocken sie da und nicken mit dem Kopf. Fehlt nur noch, dass sie gleich Tee aufgießen und kiffen und anfangen zu diskutieren. So in diesem Stil: »Du, also ich finde, diese philosophische Globalität in den Texten und diese musikalische Manieriertheit hat schon was sehr Schönes. Sie bringt irgendwie meine Psyche zum Tanzen.«

NEEEIIIIIINNNNN!!! NEEEIIIIINNN!!! NEEEI-IIIINNN!!!

Wie alt seid ihr? 18? 20? Ihr seid 27, wie ich. Und die Neil-Young-Phase haben wir doch schon durchlebt. Und wir schreiben jetzt das Jahr 1983 …

… ich renne wieder in die kalte Helligkeit, dahin, wo die Maschinenstürmer den Zeitgeist aufmischen, wo die verspielten 1970er-Jahre endgültig eingestampft werden. Wo die Songtitel heißen: *Tod am Hafen*, *Schepperhannes*, *Der Ledervater*, *Kalte Latte*, *Abfackeln*, *Leid und Elend*, *Ein Stuhl in der Hölle*, *Prima Koma*, *Blutvergiftung*. Titel gleich Programm. Texte? Baah, wozu? Gefetzte Worte reichen:

*Estanzt*
*DasZNStanzt*
*DasZNStanzt*
*DasZNStanzt*
*Estanzt*
*Das ZNStanzt*
*Das ZNStanzt*
*DasZNStanzt*
*MachnichtaufMachnichtaufMachnichtaufMachnichtauf-MachnichtaufMachnichtauf …!!!*

Und so weiter.

Es muß knallen. Wir wissen eh, was gemeint ist.

AAHH –

ich liebe sie: Musik, so stinkig, so dreckig, so faulig – wie der Inhalt in einem übervollen Mülleimer vom Hamburger Fischmarkt, der seit drei Wochen nicht geleert wurde.

AAHH –

ich brauche sie: Musik, so aggressiv, so hinterlistig, so gemein – wie der »Terminator«, der mit abgesägter Wumme und im Kahlschlagtempo die Verhältnisse zum Tanzen bringt.

AAHH –

diese Zeit hat zur Zeit nichts anderes verdient …

Hasta La Vista, Baby …

# Auf dem Land II

## Erkenntnisse in der Twilight-Bar

– Gehen wir was trinken?
– Ja, lass' uns doch was trinken gehen …
Wir gingen also was trinken.

Die »Hohe Treppe« ist eigentlich eine normale Kneipe. Sie hat aber einen schlechten Ruf. Die sci sowas wie eine Twilight-Bar. In der Stadt hätte das sicherlich was Verruchtes gehabt, mit teuren Preisen und rotem Samt und so und wir hätten uns nur kleinlaut reingetraut. Oder gar nicht. Aber hier auf dem Land ist das anders.

Klassisch-rustikal eingerichtet. Kein Samt, keine Seide. Links die Theke, befrachtet mit Erdnuss- und Kaugummispendern, die nach drei Metern einen Bogen macht und dann fast mit den Klotüren verschmilzt. Vereinswimpel, Aschenbecher, Bierdeckel. Das übliche eben. Platz für zehn Hocker. Mehr passen da nicht hin. Weisses Licht gibt's nicht, weil Ferdy, der Wirt, in den Hängelampen rote und blaue Birnen eingeschraubt hat. Gegenüber der Gastraum. Fast quadratisch. Acht Tische vielleicht, an jedem sechs Stühle. Mittendrin: ein Billardtisch. Pool. Und gegenüber die Musikbox. Tageslicht dringt selten in diesen Raum hinein, das wissen die bräunlich-getönten, mit Brauerei-Motiven verschwenderisch ausgemalten Butzenscheiben gut zu verhindern. Auch hier quillt das gleiche bunttrübe Licht aus den Birnen wie drüben an der Theke.

Es ist Abend, gegen neun, der Laden ist voll, und auch Franz ist da. Wie jeden Abend, außer montags, wenn Ruhetag ist.

*Santa Maria, Insel, die aus Träumen geboren,*
*ich hab' meine Sinne verloren, in dem Fieber, das wie Feuer brennt.*

Er lehnt am Billardtisch, summt die Melodie mit, spielt mit den Kugeln, lässt sie aneinanderklacken und passt auf, dass sie nicht ins Loch rutschen. In Wirklichkeit aber ist Franz in einer anderen Welt.

*Santa Maria, nachts an deinen schneeweißen Stränden*
*hielt ich ihre Jugend in den Händen,*
*Glück, für das man keinen Namen kennt.*

– Franz ist bekloppt, lasst ihn mal.

Sagte Ferdy am Anfang, als wir das erste Mal da waren.

– Wieso bekloppt? Der arbeitet doch hart, fährt doch den ganzen Tag herum und verkauft die Eier von seiner Hühnerfarm, die er allein mit seiner Mutter betreibt.

– Deshalb ja.

– Wieso deshalb ja?

– Das ist eben so.

Auf dem Land ist vieles so. Kann man nicht erklären. Auch nicht, warum in Ferdys Musikbox immer die gleichen Platten gedrückt werden. Frank Zappa und *Bobby Brown*, Kim Carnes und *Bette Davis Eyes*, Lipps Corporation und *Funky Town* und Roland Kaiser eben, mit *Santa Maria*. Sicherlich die einzige Kneipe weltweit, wo eine Musikbox-Hitparade aus nur vier Titeln besteht.

Franz ist ein ganz Ruhiger. Fast 1,90 groß. Bewegungen in Zeitlupe. Spricht kurze Sätze, die er uns wie herausgerissene Zeitungslettern hinknallt. Lässt sich immer viel Zeit zwischen den Worten.

– Und sonst, Franz?

– Nix. Auch'n Bier, Jungs?

– Klar, Franz!

Diese Augen. Blau und klar bis auf den Grund. Und er guckt gerne und lange. Nicht dumm, keineswegs. Eher fragend, nachdenklich. Er fixiert, stiert aber nicht. Auch nicht nach dem zehnten Bier. Wir mögen ihn.

*Sie war ein Kind der Sonne, schön wie ein erwachender Morgen.*

*Heiß war ihr stolzer Blick, und tief in ihrem Inner'n verborgen brannte die Sehnsucht, Santa Maria, den Schritt zu wagen, Santa Maria, vom Mädchen bis zur Frau*

Wir sind natürlich oft unterwegs. Dortmund. Düsseldorf. Bochum. Köln. Hören nervösen Punk hier, heiseren New Wave dort. Very dirty und extrem exemplarisch. Sagen die Experten und rufen laut: Zeitgeist! Klar, es geht voran, aber wo führt es uns hin? Und wir kämpfen uns durchs Dickicht der Schlagworte und suchen den Sinn des 1980er-Jahrzehnts in Konzerten, Kneipen, Kinos. Sind immer am Puls, immer in Bewegung. Nur nichts verpassen.

Auf dem Land ist das anders.

– Na, Franz, was machen deine Eier?

Hubert, Vorabeiter in der Papiersackfabrik, in der wir auch arbeiten, steht mit seiner Knobelrunde an der Theke, grinst Franz feist an an und greift sich in den Schritt, so wie es Michael Jackson ein paar Jahre später machen und zur Kunstform erheben wird. Bei Hubert hat das aber nichts von Kunst. Trotzdem lachen alle, sagen »Prost«, wenden sich ab.

Franz lacht auch. Guckt aber nicht hin. Hat die Augen geschlossen, den Kopf in den Nacken gelegt. Verharrt einen Refrain lang so und wiegt sich zur Musik.

*Santa Maria, Insel, die aus Träumen geboren,*

*ich hab' meine Sinne verloren, in dem Fieber, das wie Feuer brennt.*

Irgendwie ein großer Sentimentaler. So, wie er da an der Box steht, in seiner schmutzig-blauen Arbeits-Latzhose, durch die Butzenscheiben blickt.

– Franz, dass ist doch ein Scheiß-Lied!
– Weiß' ich.
– Franz, du drehst dich doch um dich selbst!
– Ist okay so.
– Komm doch mal mit uns!
– Nee Nee, lass' ma'.

Komischer Kauz. Verträumt sein Leben mit einem blöden Schlager. Und dann wir wieder über Kreuz: Haste schon gehört? Haste schon gesehen? Haste schon gewusst? Und noch ein Pils und noch ein zweites Pils. Dann ist der Kaiser endlich am Ende.

– Franz, drück doch mal *Bobby Brown*

– Ich will das nochmal hören

*Santa Maria, Insel, die aus Träumen geboren,*

*ich hab' meine Sinne verloren, in dem Fieber, das wie Feuer brennt …*

Wir gehen.

– Tschüss, Franz!

– Tschüss, Jungs!

Zuhause sitzen wir in kleiner Runde am Küchentisch. Der Franz ist schon seltsam, sagt der eine, irgendwie geht den nix an, oder? Gar nicht so verkehrt, der Franz, sagt ein anderer. Mal so'n bisschen Ruhe bewahren ist doch gar nicht so schlecht. Deshalb sind wir doch auch hier auf dem Land. Der Franz hört sich wund an nur einem Song und ist hin und weg. Und du, er deutet auf mich, du hörst dir vier Platten hintereinander an und weißt am Ende gar nicht mehr, was du zuerst gehört hast: Hans-A-Plast, Ideal, Neonbabies, Nina Hagen – diese Hetze durch die Zustandsbeschreibungen nervt doch nur. Und es bleibt nichts übrig. Zum Träumen schon gar nicht. Kannst dich nur drüber aufregen, dass alles Scheiße ist. Das bringt doch nichts. Da guck' dir lieber den Franz an.

– Ja dann: Gehen wir nochmal was trinken?

– Ja, lass' uns was trinken gehen …

Wir gingen also nochmal was trinken …

# Bei mir gab's immer nur Fans oder Feinde

## Interview mit Ina Deter im Café Römerpark, Köln, März 1999

Große Gefühle. Offensiv formuliertes Selbstbewußtsein. Absage ans Mauerblümchen-Dasein. Mut zu mehr Wagnis. Und das alles in solchen Gassenhauern verpackt wie *Ob blond ob braun ob Henna, zu Weihnachten gibt's neue Männer* oder *Frauen kommen langsam, aber gewaltig* oder *Mit Leidenschaft* oder *Ich will die Hälfte der Welt.*

Ina Deter, die Rock-Chanteuse, propagierte und prägte ein neues Bild der Frau. Was richtig war und wichtig. Und völlig konträr zum hausmütterlichen Wendebild des Kohl-Kanzlers stand. Ina Deter, der Tracy-Chapman- und Joni-Mitchell-Fan, gab sich nie männermordend, aber immer bewusstmachend, nie böse, aber immer eindringlich – so zog die zierliche Frau mit Band und pinkfarbener E-Gitarre in den 1980er-Jahren durchs Land und sorgte für eine Aufbruchstimmung der emanzipatorischen Art. »Ich glaube aber nicht, dass mein Erfolg die Sache der Frauenbewegung weiter vorangetrieben hat. Die Situation und die Stimmung seinerzeit war – so sehe ich das – das Ergebnis eine ganz natürlich Entwicklung seit den Anfängen der Frauenbewegung ab 1974. Der Samen, den wir seit dieser Zeit gestreut hatten, ging nun endlich auf.«

Ina Deter, 1947 in Berlin geboren, redet sich nichts schön, wenn sie zurückdenkt an jene Zeit, als sie in den

Charts ganz oben stand. *Neue Männer braucht das Land* hieß der Top-Song, und man schrieb das Jahr 1983. Ina Deter war zu diesem Zeitpunkt 36 Jahre alt und ein »Star der neudeutschen Rockmusik, der wohlarrangierte, freilich etwas gleichförmige Rocknummern veröffentlichte, die in der Stimmlage teilweise pathetisch und von schartigem Liedermacher-Trotz geprägt sind«, wie es gewisse Rock-Rezensenten damals formulierten. »Für mich war's ein konsequenter Weg hin zur rockigen Bandmusik, seit ich in den 1960er-Jahren mit Skiffle-Musik anfing«, sagt Ina Deter heute.

Die Frau, der man Humor, Ausstrahlung und Persönlichkeit attestierte, aber auch mit bösen Attributen wie »Klampfen-Else«, »Lila-Latzhosenträgerin«, »Kindesmörderin«, »Lesbenzicke«, »Emanzenliese« attackierte, hatte auf ihrer 1997er-CD »Mit früher ist es heute vorbei«, diese Bezeichnungen aufgegriffen und ein Lied speziell für all jene Journalisten geschrieben, die ihr »feindlich« gesinnt waren: »Bei mir gab's immer nur Fans oder Feinde, dazwischen war nichts. Und die Feinde waren die Männer in den Redaktionen mit ihren seltsamen Befindlichkeiten. Weißt du, die Frauen veränderten sich und die Männer waren verwirrt, konnten damit nicht umgehen«, sagt sie. Ihr Lied sei keine Abrechnung im bösen Sinn, eher eine Bestandsaufnahme, eine Zustandsbeschreibung. »Nein, heute ärgert's mich nicht mehr, aber damals hat es mich schon verletzt.«

Und sie erzählt von jenen Auguren der Kritik, deren Häme in Sprüche gipfelten wie Macht-einen-auf-Emanze-und-in-der-Band-stehen-die-Männer-breitbeinig-herum. Und sie schildert auch Ereignisse aus Konzerten in den

1980er-Jahren, wo es aggressive Zwischenrufe von Männern gab und sie mit Tränen in den Augen vor dem Mikrofon stand und sich nicht verteidigen konnte. Was sich aber schnell umkehrte, denn »im Frauenplenum hatte ich ja gelernt, wie man Wut mit großer Klappe paart. Und die Bühne war eine gute Schule, das Kontern zu lernen.«

Ina Deter schrieb kluge Texte, witzige Texte, nachdenkliche Texte. Thema: Selbstverwirklichung der Frau, Emanzipation von Frauen und Männern, Alltagsgeschichten einer partnerschaftlichen Beziehung. Kurzum: Liebe, Lust, Leidenschaft – das ganze Spektrum. Die Verse waren pointiert und kamen nie verschwafelt daher. 1969 zog sie von der Spree an den Rhein – beruflich bedingt. »Ich war Grafikerin, ich war erfolgreich, es machte mir Spaß. Und dass ich von der Musik leben wollte, stand nicht zur Diskussion. Und Texte schreiben konnte ich zu diesem Zeitpunkt auch nicht.« Das änderte sich Mitte der 1970er-Jahre, als sie sich in der Frauenbewegung engagierte und für ein Projekt gebeten wurde, ein Lied zu schreiben.

»Ich hatte Musik, also die Komposition, machen sollen, aber keinen Text. Den Text sollten die Germanistik-Frauen liefern. Es kam aber nie einer. So entstand aus einer Notlage heraus, sozusagen gezwungenermaßen, mein erster Text ›Ich habe abgetrieben‹. Auch dieser Text entstand aus einer Wut heraus. Ich war eine betroffene Frau wie tausend andere auch, wollte kein Kind, wollte nicht heiraten, wollte mich einfach anders entscheiden. Es war mir daher ein Bedürfnis, bei dieser Aktion mir und allen anderen zu helfen. Ich hatte keine Ahnung von Versmaßen und Reimen. Ich hab's geschrieben und nicht weiter drüber nachgedacht. Schließlich wollte ich mir mit diesem Text nichts beweisen.«

Das Jahr 1974 wurde allerdings Ina Deters Geburtsstunde als Sängerin eigener Texte; von nun an sang sie in Kölner Kneipen und bei Frauenprojekten und -festen. 1976 hörte sie ein Produzent, und sie kam mit ihrem Lied *Wenn du so bist wie dein Lachen* in die Endausscheidung für den Grand Prix d'Eurovision de la Chanson. Es folgten drei LPs mit stark frauenthematischen Songs. »Die waren sehr folkig instrumentiert, und da sang ich auch noch mit meiner Joan-Baez-Stimme. Es waren aber allesamt kommerzielle Flops. Die Frauenbewegung stand zwar in voller Blüte, doch meine Art der musikalischen Auseinandersetzung damit war wohl nicht ausgereift genug, vielleicht war ich aber auch meiner Zeit weit voraus – ich weiß es nicht. Auf jeden Fall kündigte mir die CBS meinen Plattenvertrag. Ende der 1970er-Jahre lernte ich Micky Meuser und Manni Holländer kennen; wir sind dann zunächst als Trio, zwei Gitarren und E-Bass, getingelt. Ich arbeitete an meiner Stimme und das Konzept der Musik wurde immer rockiger.«

Mit der Platte »Aller Anfang sind wir«, die bei einem Alternativ-Label erschien, startete Ina Deter ins neue Jahrzehnt. Seite A offerierte noch folkbeeinflusste Musik, Seite B präsentierte Rock. Und Ina ließ fortan die lila Latzhose im Schrank, bevorzugte schwarze Klamotten und trug ab nun ihr obligatorisches Stirnband. Die »Neue Männer«-Platte erschien bereits 1982, doch der Erfolg setzte erst später ein. Und dass sie ein Erfolg wurde, »lag ausschließlich am Publikum und nicht etwa daran, dass die Nummer ständig im Rundfunk lief«, erinnert sich Ina. Den Song habe man zunächst nicht gespielt, weil das Thema wohl zu ungehörig gewesen sei. »Der NDR schickte mir sogar wegen der Refrainzeile *Ich sprüh's an jede Wand* … eine Anzeige wegen Aufrufs zur Sachbeschädigung ins Haus. Und bei der Europawelle Saar steht der Titel nach wie vor auf dem Index!«

Ob sie durch die Veröffentlichung und den Erfolg der »Neue Männer … «-Platte für sich ein entsprechendes Exemplar gefunden hat, darüber schweigt sie. Aber sie erzählt, wie sich die Männer in ihrem Bekanntenkreis über das Passfoto-Cover geärgert hätten. »Sowas Spießiges, sowas Bürgerliches – obwohl sie sich immer so progressiv gaben. Na ja. Ich bat viele Bekannte um ein Foto. Und als die Platte herauskam, fühlten sie sich veräppelt. Du suchst ja neue Männer, haben sie gesagt, und uns führst du da als die alten vor, die nicht mehr in die Zeit passen. Das hat viele gewurmt und man hat mich geschnitten, nicht mehr mit mir geredet. So etwas Empfindliches! Die haben den Witz der ganzen Sache überhaupt nicht verstanden.«

Mit Witz und Spaß habe vieles zu tun gehabt in den 1980ern, sagt Ina. Und aufregend sei es gewesen. Die Anti-AKW-Bewegung zum Beispiel, die Friedensbewegung … »Wir haben natürlich auch bei vielen Demo-Konzerten mitgespielt und ich habe unter den Kollegen Profilneurotiker kennengelernt und echte, solidarisch gesinnte Kollegen.« Die Aktion »Band für Afrika« sei ein gute Sache gewesen, eine sehr gute Sache sogar. »Aber dieses Lied *Nackt im Wind* war schrecklich. Wenn man das mit dem Stück *We Are The World* verglich – oh Gott.

Ich war froh, dass ich den Refrain nicht singen musste. Das war zum Glück nicht meine Stimmlage«, sagt sie und lacht.

Ihr Erfolg habe sie auch kaufmännischer werden lassen. Zwangsläufig. Bis zu diesem Zeitpunkt sei man sehr naiv ans Musikmachen herangegangen, Begriffe wie »Zielgruppen«, »Charts«, »Marktsituation« hätten bei ihr nicht im Vordergrund der musikalischen Arbeit gestanden. »Ich kannte mich in der Werbung aus, aber ich kannte nicht die Mechanismen des Musikgeschäfts. Und wir gerieten nun unter Druck. Von Oktober 1983 bis Weihnachten 1984 waren wir permanent unterwegs, die nächste Tournee war schon terminiert, zwischendurch musste die nächste Platte fertigwerden. Und die Veröffentlichung musste schnell gehen, wir mussten den Erfolg ausnutzen, damit's weiterläuft.«

Für Ina Deter waren die 1980er-Jahre auf jeden Fall sehr positiv, und das nicht nur wegen ihres durchschlagenden Erfolges, der sich bis in die 1990er-Jahre fortschreiben lässt. Ihr ging es um die Musik und um die Sache der Frauen: »Ende der 1970er fing's an zu zucken, und Mitte der 1980er begann es zu rumpeln«, sagt sie und erinnert daran, dass die Frauen selbstbewusster auftraten, kollektiv sagten, jetzt ist Schluss, und dass sie den Mut hatten, zu singen, zu schreiben, Filme zu machen oder was auch immer.

Plötzlich kamen sie, die Frauen, die man stets unterschätzt hatte: langsam noch, aber gewaltig. Sie wurden ernster genommen und sie nahmen sich ihre Chancen. Hatten Erfolg, so wie auch Ulla Meinecke. Und wenn man zudem gut war und eine Ausstrahlung hatte, dann funktionierte es auch. »In meiner Plattenfirma, wo sich auch ganz langsam das Bewusstsein der Männer änderte und Frauen schließlich in der Presseabteilung tätig waren oder im Talentsucher-Bereich, der A&R-Abteilung, nahm man mich total ernst und ich hatte freie Hand, habe auch immer an meinen Covern, Postern oder Presseinfos mitgearbeitet.«

Dass die Neue Deutsche Welle entscheidenden Einfluss auf ihre Arbeit hatte, weist sie von sich. »Damit hatten wir nichts zu tun, dazu gehörten wir auch nicht. Bei mir wusste man ja, wen man sich da eingekauft hatte. Ich war nie eine Püppi, dem man dies und das sagen konnte oder musste, oder dass ich mir die Haare färben sollte. Ich war eine Frau, die aus einer politischen Haltung heraus etwas zu sagen hatte – und das wurde akzeptiert.«

Ina Deter hat sich noch nicht zur Ruhe gesetzt. Eine Schaffenspause hatte sie sich vor ein paar Jahren gegönnt, um eine Krise zu überwinden. Hatte in dieser Zeit als Regieassistentin an einem Theater in Aachen mitgearbeitet. Doch dann ging's wieder mit der Musik weiter: Es folgten CDs mit Neuaufnahmen der alten Songs, aber auch aktuelle Einspielungen. »Solange ich noch was zu sagen habe, mache ich Lieder und dazwischen immer wieder mal eine kleine Tour. Auch übers Jahr 2000 hinaus«, sagt Ina, die sich besonders freut, »dass die Frauen von einst heute mit ihren Kids ins Konzert kommen, und dass die Kinder ihre Lieder mitsingen«. Und dass sich doch einiges getan hat im Land.

# Der Auftrag: Such' Sandra ...!

## Vom Abenteuer in der Schallplattenrille

Julia war noch nicht da. Hoffentlich wollte sie nicht wieder diese Platte hören, dachte sich Bertram und gähnte und war sich aber doch sicher, dass sie natürlich diese Platte hören wollte. Es war schließlich Julias ganz persönliche Schmusemusik. Er mochte diesen Song nicht, nicht den Sound, vor allem nicht den Gesang.

Schmusen mochte er, klar. Doch so lange diese Platte lief, bekam er immer Kopfschmerzen, während Julia sich eng an ihn schmiegte, ihm sanft ins Ohrläppchen biss und ihm gleichzeitig an den Schwanz fasste. Da konnte sie noch so viel rubbeln und reiben – drei Minuten und achtundfünfzig Sekunden lang ging da nichts.

Den verbreiterten Weg der Leerrille hinter sich lassend, hetzt er nun wie Indiana Jones drauflos durch die mit meterhohen Wänden eingefasste Schlucht ins Schwarze, um die Sängerin zu finden. Der zunächst übersichtliche Weg verjüngt sich, wird zum schmalen Gang, zum kaum einen Meter breiten Pfad. Rechts und links türmen sich wie in einem zerklüfteten Gebirgstal klumpige Gesteinsbrocken und knollige Ablagerungen; die Wände haben narbige Vorsprünge oder sind mit grotesken Wucherungen überzogen.

Plötzlich bohren sich Dutzende, versetzt angeordnete und stecknadelspitz zulaufende kegelförmige Wülste in seine Ellbogen – eine fetzige Bassmelodie! Sie versperrt den Weg, doch er schlängelt sich trotz der Schmerzen mutig hindurch. Und er muss weiter achtgeben, denn der gleichförmige Schlagzeugrhythmus ist ein meterlanger und mit einer regelmäßigen Unebenheit gemauerter Bodenbelag, der sich als gefährliche Stolperstein-Falle entpuppt.

Und dort, hinter der nächsten Biegung, zeigen sich bereits die ersten hart gespielten flächigen Akkordmuster des Keyboarders – wuchtig wie Grabplatten ragen sie akkurat nebeneinander gereiht waagerecht in den Weg, rauben noch zusätzlich die Luft zum Atmen. Diese Angst. Diese Enge. Vor allem aber: dieser Anblick!

Materialisierte Musik!

Er zwängt sich immer tiefer in dieses bizarre Tongebirge hinein und hastet weiter, bis er eine Art Lichtung erreicht, wo es ruhiger wird, wo die Zacken und Beulen und die Höcker und Buckel weniger bedrohlich, nur noch harmlose Schwellungen sind – eine leise Stelle im Song. Und da ist er auch am Ziel. Sieht sie endlich, sieht, wie sie ihm zuwinkt.

Die Sängerin mag ihre Stimme nicht. Nicht so, wie man sie für diesen Titel zunächst aufgenommen hatte. Sie weiß, dass es nur einen Weg gibt, wie sie ihre Stimme diesem technoid-pulsierenden Sound der Musik anpassen kann: Sie muss hier und jetzt so lange vögeln, bis ihr orgiastisches Geschrei jenen Tönen entspricht, die dann auch wirklich zur Musik passen.

Und Bertram hatte diesen Auftrag bekommen!
Und deshalb war Bertram nun in der Schallplattenrille!

Schnell, schnell, schnell, sagt sie und hat ihre Leggings bereits ausgezogen, leg dich hin. Dies ist nur eine Instrumentalaufnahme, die Band spielte den Titel erstmal ohne mich ein. Und er legt sich hin, noch ganz außer Atem, nestelt an seinem Hosenschlitz und lässt seinen steifen Schwanz hervorschnellen. Sie hockt sich auf ihn, reitet ihn drei Minuten und achtundfünfzig Sekunden lang lautstark mit heftigen Stössen, trainiert dabei verschiedene Stimmlagen, bis sie endlich genau die Höhen trifft, die der Song braucht.

Es war kurz vor sechs, als er aufgeschreckt hochfuhr. Er war wohl beim Onanieren eingeschlafen, hatte seinen schlaffen Schwanz aber noch in der Hand und verfolgte mit interessiertem Blick die Samenspuren auf seiner Unterhose, die ihm vorkamen wie die dürren Ärmchen eines ausgetrockneten Rinnsals in der Südeifel. Um sieben Uhr klingelte es, Julia war da. Sie zog ihre Jacke aus, machte es sich sofort bequem und legte die Platte auf. Komm', sagte sie, nahm ihn in den Arm. Und während sie sich streichelten und Sandras *Maria Magdalena* dazu aus den Boxen klang, stellte er fest, dass er die Platte eigentlich nie richtig gehört und vor allem den Gesang maßlos unterschätzt hatte.

# Bankettmusik für tanzende Eitelkeiten

## Die cool-poppigen Klänge der Dekadenz

Gefälligkeitslalla! Die Bezeichnung gefällt dir wohl nicht, was?

Aber so war es doch, gestehe es dir doch endlich ein. Diese einlullende Funk-, Samba-, Cha Cha Cha- oder Calypso-Soße, die sich auf einmal aus allen Lautsprechern ergoss, kam zwar immer jazzmäßig geschmackvoll gewandet daher, war allerdings so heuchlerisch wie die, die sie goutierten. Denk' doch mal zurück: Als sich um 1983 herum die popmusikalische Langeweile mit Opportunismus und Konformität paarte, da musste es bei diesem flotten Dreier wohl passiert sein. Neun Monate später erblickte in London ein frech grinsender Bastard das Licht der Welt, der sich aber so lieb und kooperativ gab, dass er von allen Menschen sofort ins Herz geschlossen wurde: der New British Jazz, der Kürze halber einfach mal Cool-Pop genannt. Erinnerst du dich noch an Songs von Brian Ferry, Matt Bianco, Simply Red, Carmel, Spandau Ballet, Alison Moyet oder – noch schlimmer: Heaven 17? Für mich wirkte diese Musik wie ein riesengroßer Flauschhaarteppich, der das krisengeschüttelte Alltagsleben verdeckte und unter den sich vortrefflich die apokalyptischen Vorboten kehren ließen.

Das sei Quatsch, sagst du? Diese Musik sei offen gewesen und ehrlich, habe sich entwickelt, habe Stil und Wurzeln?

Meine Güte, hast du dich blenden lassen: Er machte

sich doch nur wichtig, dieser Bastard, der so erschreckend schnell und erfolgreich heranwuchs. Tat so, als ob er das Erbgut großer Künstler in sich tragen würde, nämlich das von Miles Davis, Charles Mingus, Duke Ellington, Charlie Parker und so vielen anderen. Nichts von alledem stimmte. Cool-Pop war weder Hardbop, Bebop oder Jazz. Cool-Pop war einfach nur ganz schlechtes Zitat. Cool-Pop war so bedeutungslos wie ein Regentropfen, der vom Himmel auf die funkelnden Strass-Applikationen pastellfarbener Karottenjeans tropfte.

Diese Musik habe bei dir romantische Gefühle ausgelöst, sagst du? Das kann ich nicht glauben.

Diese überzuckert-süße, lässig-plätschernde Musik, die wohl immer nur im Saxofon-dominierten Quintett-Format spielbar war, untermalte als Soundtrack doch nur den fragwürdigen Lebensentwurf der Young Urban Professionals. Jene Yuppies, die überall auftauchten und sich in ihrer Gleichgültigkeit aus Überzeugung mit einem Hauch von Luxus umgaben. Motto: »Lacoste es, was es wolle.« Keine Ahnung, was die arbeiteten, aber scheinbar hatten sie neben Geld auch noch alle Zeit der Welt, wenn sie mit ihrer American-Express-Card und ihrem Filofax großspurig-gelassen so taten, als seien sie auf den Boulevards oder in den Straßenschluchten von Paris oder New York zuhause, dabei schlenderten sie doch nur durch die Fußgängerzonen in Castrop-Rauxel, Gelsenkirchen-Buer oder Bottrop-Boy. Sie lasen Börsenkurse anstatt Bücher, erfanden Worte wie »event« und »location«, und wenn sie redeten, dann wurden Lösungen »angedacht« und Probleme »gehandlet«. Sicherlich bezeichneten sie auch ihr mieses Innenstadt-Wohnblock-Appartement als »Loft« und hörten stundenlang solche coolen Popsongs wie *You're The Best Thing* von Style Council, *Diamond Life* von Sade oder *Elegance* von Prefab Sprout auf ihrer sündhaft teuren Bang & Olufsen-Stereo-Anlage.

Das sei der Neid der Besitzlosen, sagst du? Ich denke nicht.

Mir ist noch bewusst, dass ich dort, wo diese Musik rund um die Uhr zu hören war, immer viel Geld losgeworden bin. Nämlich in eben jenen »locations«, die als schicke Cocktail- und Café-Bars wildwuchernd die Stadt überzogen, wo farbenfröhliche Getränke wie Blue Curacao oder Roter Genever ausgeschenkt wurden, wo Marken wie Rémy Martin oder Pommery ihren festen Platz im Regal und auf dem Tresen hatten. Im zumeist unromantisch neondurchfluteten Ambiente, in dem auch die Tasse Kaffee zwei bis drei Mark mehr kostete, offenbarte sich der Smalltalk der Gäste stets als aufgeblasene Sprachlosigkeit, die so schwer im Raum lastete, dass neben den coolen Klängen einzig das Klackern der Eiswürfel im Asti Cinzano und das Rattern der Registrierkasse zu hören war.

Vorurteile seien das, sagst du? Ich glaube nicht.

Viele machten mit bei diesem Spiel der Selbstreklame. Besonders die, die es sich nicht leisten konnten. Ich kannte Verwaltungsangestellte, Postbedienstete oder Verkäuferinnen, die ihr karges Gehalt dafür aufs Spiel setzten, um ihre plötzlich erwachten narzistischen Begierden zu befriedigen. Ich kannte Facharbeiter, Ladenbesitzer oder Taxifahrer, die sich Wet-Gel in die Haare schmierten und Gucci-Parfüm auflegten, sich wie Crockett und Tubbs aus der TV-Serie »Miami Vice« fühlten und sich zum Affen machten. Für ihre »meetings« zwängten sie sich in abgetragene 50er-Jahre-Mode, die sie teuer im Flohmarkt-Fundus angesagter Boutiquen erstehen mussten, da sie sich die edle Designer-Garderobe gar nicht leisten konnten, orderten dafür aber ein Sektgedeck nach dem anderen und glaubten fest an sich und drehten sich um ihresgleichen und ließen sich ihre Sicht aufs mondäne Leben von Zeitgeist-Magazinen wie »Tempo« oder »Wiener« diktieren. Mir kam es immer so vor, als ob sie kurz vorm Untergang der Welt in edler Runde noch einmal so richtig abfeiern wollten. Wie weiland auf der Titanic: Der Dampfer sinkt und die Musi spielt dazu. Tut mir leid, aber für diese Menschen konnte ich mich nie erwärmen. Ich habe mir auch mit schärfster Phantasie nie vorstellen können, mit jenen Frauen Sex zu haben, deren Attitüden stets zwischen Blasiertheit und gespielter Unnahbarkeit pendelten und von deren blank polierter Oberflächlichkeit jedes kritische Wort herunter rann und die immer alle so aussahen wie die Matt-Bianco-Sängerin Basia.

Depressives Gerede, meinst du? Nein, nein.

Diese trügerische Haltung war für mich nicht erstrebenswert. Es gab Alternativen. Ich wollte nicht den Kopf in den Sand stecken, ich wollte lieber Druck machen, politisch aufrütteln und so weiter. Machte ich dann auch. In einer Gruppe mit acht Leuten. So wie die Bochumer Band Fritz Brause. Aber anders. Als Fritz Brause mit allerliebster hüpfender Polyrhythmik zur fröhlichen *Shilly-Shally*-Party rief, gründeten wir eine Zeitschrift, die sich mit zunehmender Arbeitslosigkeit, der neuen Armut, mit Neonazis, mit der Kaputt-Sanierung von Wohnraum oder mit der Öko-Bewegung auseinandersetzte. Als die coolen Klänge der Dekadenz immer populärer wurden, prangerten wir politische Katastrophen an. Und als dem Cool-Pop in den heißen Tagen der Ostermärsche endlich das billige Make-Up zerfloss und das grinsende Gesicht jenes Bastards wieder zum Vorschein kam, da war es dann auch jedem klar geworden: Cool-Pop log jahrelang Gefühle und Sehnsüchte und Lebensfreude herbei und war im Grunde nie etwas anderes gewesen als eine vernebelte Bankettmusik für die tanzenden Eitelkeiten.

# Auf dem Land III

## Mensch, spiel' doch mal vor …!

Musikmachen war immer Männersache. Denn als Instrumentalist brauchst du Disziplin, Offenheit, Geduld, Kraft und Selbstbewusstsein – Eigenschaften, die nur Männer besitzen. Eine Frau als Sologitarristin, die wie Ritchie Blackmoore von Deep Purple mit ultraharten Riffs Kerls kirre macht? Gibt's nicht! Eine Frau am Schlagzeug, die rhythmussichere Bassdrum-Power wie Nicko McBrain von Iron Maiden ins Publikum ballert? Unvorstellbar! Eine Frau am Bass? Das kann dann nur ein Flittchen sein. So wie einst Suzie Quatro in ihrem knallengen Lederoutfit. Im Gegensatz zu Jungs galten für Mädchen immer andere Regeln. Sie durften Flöte spielen oder Klavier oder Geige und sich dabei in zarten klassischen Klängen verlieren. In der Rockmusik allerdings hatten sie nichts zu suchen. Heute ist das ganz anders.

Damals, so um 1981 herum, hatte ich mich schon ein bisschen gewundert, dass sich bei mir überwiegend Mädchen zwischen 16 und 20 Jahren meldeten, die das Gitarrenspiel erlernen wollten. Schließlich offerierte ich kein Melodiegeplänkel aus den Nelissen-Nicolay-Notenheften, sondern lehrte zeitgemäß mit Hilfe der Peter-Bursch-Bücher und mit einem eigenen Programm, das ebenfalls auf das Tabulatur-System aufbaute: Liedbegleitung mit einfachen bis handwerklich schwierigen Pickings, Auf- und Abschlagsfolgen fürs Rhythmusspiel, Grifftechniken für Grund- und Barré-Akkorde,

Übungen von Standardriffs aus der Rock'n'Roll-, Boogie-, Blues- oder Hardrock-Historie. Ich spielte Musikstücke wie *Kids Of America* von Kim Wilde oder *The Tide Is High* von Blondie oder *Smoke On The Water* von Deep Purple als Anhör-Material vor, die man dann auf Wunsch bei mir lernen konnte.

Die erste Stunde war kostenlos, da erzählte ich dann einiges über mich, über das Instrument und spielte zwei, drei Stücke vor, damit man hören konnte, was die Gitarre an Ausdrucksmöglichkeiten bot. Die Mädchen saßen mir dann mit ihren Müttern gegenüber, lauschten begeistert meinem Vortrag, bewunderten meine Fingerfertigkeiten, und die Mütter hatten kein Problem damit, mich als Privatlehrer einzustellen und mir manchmal sogar das Honorar gleich halbjährlich im Voraus zu bezahlen. In den folgenden Monaten erlebte ich sehr talentierte Töchter, eifrig übende Töchter, wissbegierige Töchter. Vor allem erlebte ich geduldige Töchter, die Lust auf Songs, Lust auf Riffs hatten und, auch wenn ein Fingersatz oder ein Akkord schwierig zu spielen war, nicht aufgaben oder den Spaß am Spiel verloren.

Wenn ich mit ihnen die Songs übte, spürte ich, dass sie sich damit eine neue Welt erspielten, die weit über die ihres Mädchenzimmers hinausging. Und das fand ich gut. Denn als 24jähriger Städter mit eigener WG auf dem Lande, der schon so manche Bude erlebt hatte, konnte ich mir auch gar nicht vorstellen, dass in diesen, meist im ersten Stock eines gepflegten Einfamilienhauses gelegenen, immer sorgfältig aufgeräumten, mit grau-, blau oder rotmeliertem Teppichboden ausgelegten und in langweiligem Weiß gestrichenen Räumen, in denen grundsätzlich ein zweitüriger Schrank, ein Bettkasten, eine Liegecouch und ein Schreibtisch am Fenster zu finden waren, junges Leben gedeihen kann. Da änderten auch die neben den Pferdefotos schräg angehefteten Poster der fiesen »Dallas«-Schauspieler, der wildmähnigen Brooke Shields oder des bizarr kostümierten Adam Ant nichts dran.

Manchmal war es beklemmend, in dieser Atmosphäre zu unterrichten. Vor allem dann, wenn am Nachmittag noch der Geruch vom Mittagessen in der Luft lag und sich mit dem Duft des Raumsprays aus der Toilette nebenan vermischte und es einem in diesen öden Zimmern so vorkam, als ob jemand Bratensoße neben einer Latrine im Tannenwald verschüttet hätte. Man merkte es auch den Mädchen an, dass ihnen diese Alptraum-Umgebung Unbehagen bereitete. Schließlich waren sie nicht immer mit sich einverstanden und schon gar mit dem, was um sie herum mit ihnen geschah und mit dem, was die Eltern, in der Regel waren es die Mütter, für gut befanden. Das Musikmachen aber lockerte sie auf und – das war mein Eindruck – schärfte ihre Sinne auch für andere Dinge. Und das war neu auf dem Land. Denn in Ortschaften wie Hüzemert, Halbhusten, Kirchveischede oder Welschen-Ennest machte man sich anders als in Bochum, Dortmund, Essen oder Düsseldorf normalerweise nicht groß Gedanken über das Leben.

»Mensch, spiel doch mal vor …!« Wie oft kam dieser Satz, wenn ich weitere Songs mitbrachte. Und ich spielte vor und sie machten es nach und wurden mutiger und redeten über sich, machten aus mir, dem distanzierten Musikvermittler, einen Mitwisser, mehr noch: einen Verbündeten. Denn die Mädchen waren unglücklich. Entweder gab's Stress mit den Eltern oder sie waren lustlos verliebt oder gar nicht verliebt oder sogar in mich verliebt oder sie wollten auf und davon oder ganz was anderes oder sie wussten es auch nicht so genau. Für sie war ich der weltmännische Exot aus der Stadt, der junge Mann mit Gitarre und Latzhose und schulterlangen Haaren, der doch schon so viel außerhalb der eng gesteckten Grenzen des Sauerlandes mitbekommen hatte und der so gut zuhören konnte.

Eine Rolle, die sich ergab, in der ich mich sogar richtig wohl fühlte. Nicht nur, weil ich die Mädchen mochte, sondern weil ich tatsächlich helfen konnte. War schließlich ein durch Rockmusik gestählter Mann mit besonderen Eigenschaften. Nun gut, schwächen wir es ein wenig ab: Ich würde sagen, ich war wohl sowas wie ein Frauenversteher und offerierte zur richtigen Zeit einen stimmigen Mix aus verständnisvollem Kumpel, tollen Songs und spannender Gitarrenkunst. Und alles zusammen löste bei den Mädchen die kleinen, privaten Revolutionen aus, denn Dagmar trennte sich irgendwann von ihrem Freund, Melanie durfte endlich ihren Führerschein machen, Sandra reiste mit ihrer Clique per Interrail durch Europa und Katja begann tatsächlich eine Lehre im Einzelhandel.

Kaum, dass sie sich freigeschwommen hatten, endete auch schon bald der Unterricht. Aber nicht deswegen, weil sie keine Lust mehr dazu hatten. Im Gegenteil. Ich hatte mir von Beginn an Grenzen gesetzt: Unterricht nur für Anfänger. Meine Mädchen waren in dem knappen Jahr flott voran gekommen, wollten mehr lernen, suchten sich neue Gelegenheiten. Sandra hatte sich so begeistert, dass sie in der Musikschule in Lennestadt-Meggen einen Kurs für Bandmusik belegte. Der war neu eingerichtet worden, und ich traf sie ab und an, weil ich dort als Lehrbeauftragter einmal in der Woche eine Gitarrengruppe unterrichtete – diesmal gleich sieben Mädchen zwischen 16 und 20 Jahren auf einen Streich. Kein Job für Weicheier, wenn neben dem Musiker auch noch der Ratgeber gefragt ist.

Damals habe ich nie über diese Dinge nachgedacht. Heute würde es mich schon interessieren, ob Gitarre und Musik die Mädchen weiter gebracht und tatsächlich ihr Leben beeinflusst hat.

# Schlechte Musik zu schlechten Bildern

## Filmchen mit kopulierenden Kaninchen

Musikvideos waren der allerletzte Schrei der 1980er-Jahre. Es war d a s neue Medium, da es Rock- und Popmusik visualisierte. Jede Kunstform war dabei erlaubt und die Bilder, die da geschaffen und über eine Sendung wie »Formel Eins« in dein Zimmer ausgestrahlt wurden, brannten sich fortan in dein Hirn ein und ließen die Musik verglühen, bis nur noch Rußpartikel davon übrig blieben. Du erinnerst dich sicherlich noch an Peter Gabriel, um dessen Kopf herum sich eine Eisenbahn schlängelt. Oder an Duran Duran, deren Musiker in einer surrealen Endzeitszenerie an Windmühlenflügeln gefesselt waren. Aber wie die Musik dazu klingt oder wie der Titel heißt, da musst du vielleicht lange überlegen.

Ich habe einige Bilder und Titel nicht vergessen. Das liegt aber daran, dass ich stets mit Genuss schlechte Musik zu schlechten Bildern gesehen habe. Und die gab's immer dann, wenn die »Formel Eins«- und »Bananas«-Kreativen all jenen Künstlern, die noch kein eigenes Video hatten, eine vermeintlich witzige Bildergeschichte eigener Prägung um deren Songs drumherum strickten.

Bei Ixis *Knutschfleck* trudelte zum Beispiel eine geflügelte Banane um ihren Kopf herum; bei Mike Oldfield/ Roger Chapmans *Shadows On The Wall* wurde während des Songs im Hintergrund ein Fachwerkhaus abgefackelt; bei Herbert Grönemeyers *Ich kauf mir* was stand der Sänger in einer Art Gummizelle; für *Nur Steine leben länger* wurde Sänger Hans Hartz neben ein zur Hälfte eingemauertes Bett drapiert, aus dem kiloweise Styroporschaum quoll; zum Song *Shiny Shiny* von Haysie Fantayzee gab's kopulierende Kaninchen zu sehen und ein Plastikhuhn, dem mit einem Bindfaden das Ei in den Hintern zurückgeschoben wurde.

Sehr gern erinnere ich mich an Righeira: Zwei Männer im schicken Zwirn, die in einem schachbrettgemusterten Hinterzimmer agieren, choreographisch mit linkischen Vor- und Rücklauf-Bewegungen unentwegt auf der Stelle treten, aber ständig davon berichten, dass sie zum Strand müssen: *Vamos A La Playa* heißt das Lied, das fast ausschließlich aus diesem Refrain besteht, wobei die Betonung mehr auf das nachfolgende *Oh Oh Oh Oh Oh* liegt. Warum sie unbedingt an den Strand wollten, weiß ich nicht. Und warum sie in dieser Kulisse mit Waschbecken, Fernsehmonitoren und ein paar Scheinwerfern singen mussten, weiß ich erst recht nicht.

Hier passte nichts zusammen. Nicht die gespielte Atemlosigkeit der zwei Italiener, die – warum auch immer – spanisch sangen und vor allem nicht der dramaturgische Kunstgriff, den Vamos-Refrain alle Nase lang und unmotiviert in ein walkmangroßes Sendegerät, das sie sich um die Handgelenke gebunden hatten, hineinzuschmetterten. Dieser Film war so daneben, dass ich ihn in meiner privaten videophilen Lachparade auf Platz 3 setzte.

Nehmen wir nun das britische Pärchen Alan & Denise. Kennt heute kein Mensch mehr. Der sagenhaft ulkige Song, der bis auf den heutigen Tag ihr einziger Erfolgstitel bleiben sollte, heißt *Rummenigge.* Ja, tatsächlich: Die beiden besangen allen Ernstes den damaligen Stürmer-

Star Karl-Heinz Rummenigge! Da stehen sich Alan & Denise steif gegenüber und singsprechen zu einem trunken torkelnden Countrysound folgende Erkenntnisse:

Er: *With sexy knees?*

Sie: *With sexy knees!*

Beide: *Talking 'bout a man with sexy knees.*

Er: *Kol-Cheinz Rruummenigge.*

Sie: *What a man.*

Er: *RRuummenigge, RRuummenigge.*

Sie: *I'm A Fan.*

Er: *Kol-Cheinz RRuummenigge.*

Sie: *He's so strong.*

Beide: *RRuummenigge RRuummenigge All Night Long.*

Und was ist wohl dazu im Hintergrund auf einer Leinwand zu sehen? Ja, richtig: Endlose Fußballszenen – eben *RRuummenigge RRuummenigge All Night Long.* Eine Abseits-Nummer zum Kugeln! Kaum zu glauben: von dem Song gab's sogar eine so genannte »Deutsche Originalversion«. Die hieß auch *Rummenigge* und wurde gesungen von Cleo & Wolfgang, den beiden Schauspielern Kretschmer und Fierek. Allerdings: Die filmische Aufbereitung dazu kenne ich leider nicht. In meiner Lachparade jedenfalls kleben Alan & Denise permanent auf Platz 2.

Platz 1 belegt ungeschlagen bis auf den heutigen Tag der legendäre Formel-Eins-Filmbeitrag zu *Geil*, gesungen von Bruce & Bongo. Zwei britische Hanswürste mit verstrubbelter Vokuhila-Matte – so nannte man den zeitgeistigen vorne-kurz-hinten-lang-Haarschnitt – hampeln ungelenk im abgedunkelten Studioraum herum und stottern sich sinnfrei durch ihren Text: *Forty-love, forty-fifteen, forty-thirty – dd deuce – dd deuce. Advantage BB Be – advantage BB Be – Advantage BB Becker – advantage BB Becker – BB Boris is GEIL – BB Boris is GEIL*… Dazu erklingt auf der Melodie von Falcos *Rock Me Amadeus* der Refrain: *Everybody's Geil, G-G-G-G-Geil* …

Dieses Lied, so doof wie zwei Meter Landstraße, hatte der Welt gerade noch gefehlt! Aber doof allein reicht ja nicht, also ließ man auf die Zwei auch noch zusätzlich eine Horde gut gelaunter Neandertaler los, die fortan zur Musik unrythmisch hüpfend ihre abgenagten Fleischkeulen in die Luft hämmern durften … Das war echt g-g-g-g-grell …

Natürlich konnte man all diese Filme auch »ätzend« oder »schrill« finden, oder sich beim Gucken »die Hasskappe aufsetzen« oder »Ulf anrufen«, was im modischen 1980er-Jargon bekanntlich lautmalerisch für »sich übergeben« stand. Ich habe sie jedenfalls genossen, diese schlechte Musik zu schlechten Bildern, und ich liebe sie heute noch.

# Ich hab' aber Abitur ...!

## Das musikalische Brechmittel Modern Talking

Ich bin mir bis heute nicht sicher, ob Modern Talking ihr Publikum verarschten oder ob sie wirklich Spaß an ihren eigenen Machwerken hatte. Bohlens ständiges Grinsgesicht unter der blonden Föhnfrisur ... dieses emsige Saitenschlagen auf der Gitarre (obwohl man immer nur Keyboardsounds hörte) ... diese gefühlstriefenden und flüsternden Fistelstimmchen, die den Text gottseidank nur dann verständlich machten, wenn's um den Refrain ging ... und dann dieses singende Bratwürstchen Anders, der sein Mikro immer so sanft zwischen den Fingern hielt, wie Pubertierende ihren Penis beim ersten Selbstversuch und dessen »Nora«-Halsband vielerlei Anlaß zu Spekulationen gab ...

Was sagte Blues-Experte Gerdi noch gleich, als *You're My Heart, You're My Soul* in die Charts gelang: »Das ist was für hirnlose Typen, die gerne Frisösen poppen und sich gleichzeitig dabei kämmen!« Oder Peter, der Hardrock-Fan: »Boah, so zuckersüß, so ekelig, Brechmittel – uuuäähh!«

Hihi ...

Nein, all die Jungs, die mit der Rockmusik groß geworden waren, standen dem Phänomen Modern Talking hilflos gegenüber. Hinhören? Auf keinen Fall! Aber ignorieren konnte man Dieter Bohlen und Thomas Anders auch nicht mehr, denn ab März 1985 waren sie allgegenwärtig in unserem Leben. Gleich, ob du das Radio oder den Fernseher einschaltetest, Zeitschriften aufschlugst, Kneipen besuchtest – diese gefällige 120 bpm (beats per minute)-Bum-Bum-Musik fraß sich binnen eines halben Jahres wie ein Krebsgeschwür durch Europa und die ganze Welt, bildete überall Metastasen und nirgendwo fand sich ein forscher Rocker, der ein schnell wirkendes Medikament gegen diese schleichende Krankheit entwickelte.

Modern Talking, das heißt: Dieter Bohlen, führte ab sofort alle bis dahin ernstgemeinten und stilistisch einigermaßen interessanten Synthi-Pop-Versuche von Bands wie Alphaville, Propaganda, Orchestral Manoevres In The Dark ad absurdum. Bohlen schnürte die Disco-Musik der 1970er-Jahre in ein aktuelles Pop-Korsett und was fortan galt, orientierte sich ausnahmslos an das Konzept des 1954 in Oldenburg geborenen Schönlings: die Wiederholung der Wiederholung der Wiederholung und so fort.

Modern Talking gab's eigentlich nur knapp zwei Jahre. Doch in dieser Zeit schaffte es der fleißige Norddeutsche, aus der einen Song-Idee von *You're My Heart, You're My Soul* allein sieben neue Singles (*You Can Win If You Want*, *Cherie Cherie Lady*, *Brother Louie*, *Atlantis Is Calling*, *Geronimo's Cadillac*, *Jet Airliner*, *In 100 Years*) und sage und schreibe sechs komplette LPs (»The 1st Album«, »Let's Talk About Love«, »Ready For Romance«, »In The Middle Of Nowhere«, »Romantic Warriors«, »In The Garden Of Venus«) zu basteln.

Eine Musik, die keinerlei Substanz hatte! Und doch verkaufte sie sich rund um den Globus zig Millionen mal. Der Erfolg (es ist wirklich müßig aufzulisten, wieviele Gold- und Platin-Schallplatten es weltweit für die beiden gab – die Zahl ist unüberschaubar) gab Bohlen recht und machte ihn reich, und der Mann führte sich bisweilen auf wie ein kleiner Gott, sah sich häufig schon in der Galerie bekannter deutscher Komponisten mit eigenem Gipskopf verewigt: Bach, Beethoven, Bohlen …

Modern-Talking-Musik war immer Musik für die Mülltonne, keine Frage. Aber was wesentlicher ist: Thomas Anders, Filius eines Bügermeisters aus der Rheinebene und Dieter Bohlen, Sohn eines Bauunternehmers, wurden ausschließlich wegen ihrer Nahbarkeit, Naivität und Normalität geliebt und personifizierten somit auch aufs Vortrefflichste die so genannte geistig-moralische Wende der noch frühen Kohl-Ära. Die beiden Bürgersöhnchen waren eben so normal, wie es die Jungs an den Bankschaltern und in Versicherungsbüros auch waren.

Die Popstars gingen einem geregelten Familienleben nach (beide waren tatsächlich verheiratet!), lebten in schmucken Vororten und dort in schmucken Einfamilienhäusern und liebten Disco, Sonnenbank, Mallorca und Ibiza. In Interviews machte das Duo stets den Eindruck, als habe es nur mit Mühen die Hilfsschule abgeschlossen. Selten sah und hörte man Popstars, die so unreflektiert krauses Zeug plauderten und dabei nichts zu sagen hatten außer »Was wir machen, ist geil!« und »Ich hab' aber Abitur!« – einzig diese zwei Bohlen-Sätze sind über die Jahre hängengeblieben. Von Thomas Anders kann leider nichts überliefert werden.

Geile Melodien, geiler Rhythmus, geile Sounds – Bohlens Popmusik ist mit Bohlens eigenen Worten gar trefflich charakterisiert – darüber hinaus geht wirklich nichts mehr. Dabei ist Dieter Bohlen eigentlich gar nicht der Buhmann. Ich kann's sogar verstehen, dass ihm zu seiner Musik nichts Erläuterndes einfiel. Bohlen-Musik erwuchs nicht aus der Rockmusik, nicht aus Teamarbeit, wurde auch nicht aus Verzweiflung, Freude, Lust also: aus dem Bauch geboren. Bohlen-Musik war klangvolle Schnellbefriedigung, konfektionierte Verbrauchsmusik, die der Mann einzelgängerisch am Musikcomputer entwarf. Bohlen beherrschte perfekt die elektronischen Instrumentarien, die einerseits freie Programmierung zuließen, andererseits vorgefertigte Klangbilder im Überfluss boten. Seine Arbeit konzentrierte sich letztlich darauf, die Sound-Kreationen zu vermengen, um diesen typischen und bombastischen Bohlen-Breitwand-Effekt zu erzielen.

Seine »Mitarbeiter« hießen Yamaha, Roland oder Korg – und über diese drei Keybordhersteller ließe sich eigentlich die gesamte Chart-Musik der 1980er-Jahre definieren. Egal, ob es sich um die Hits von Phil Collins, Howard Jones oder Spandau Ballett handelte. Dank dieser erschwinglich gewordenen und leicht zu bedienenden elektronischen Hilfsmittel konnte jeder Depp Musik fabrizieren und sich in der Dorf-Disco mit geilen Sounds, geilen Rhythmen und geilen Melodien als Star feiern lassen. Nichts war mehr unmöglich, und ob nun die Musik in Tokyo, Helsinki oder in Rotenburg an der Wümme fabriziert wurde – die genormten Klänge machten die Popmusik weltweit gleichförmig, belanglos und durchschaubar.

Dieter Bohlen war als Vorreiter aber auch schlau genug, seinen Modern-Talking-Sound über die Trennung von seinem Partner hinaus erfolgreich zu vermarkten. Er suchte sich hübsch aufgemachte männliche wie weibliche Figuren, die allesamt discolichttauglich waren, und produzierte wie ein Weltmeister drauf los. Sein bekanntestes Geschöpf wurde C.C. Catch, die sich als Kim-Wilde-Verschnitt mit Löwenmähne und enger Lederkleidung durch Charts und Bierzelte säuselte, eigentlich Caroline Müller hieß, aus Holland gebürtig war und als Hauptberuf »Hausfrau« angab.

Bohlen produzierte auch einige Seventies-Altstars wie Chris Norman (vormals Sänger von Smokie) oder Leslie McKeown (vormals Sänger der Bay City Rollers). Und er fabrizierte Filmmusiken. Besonders gern für die »Schimanski«-Tatorte der ARD.

Und so lieb mir Schimi, Thanner oder Hänschen auch immer waren – aber genau diese Folgen habe ich mir extra nie angeguckt.

# Flauschig. Friedlich. Freundlich.

## New-Age-Musik für jedermanns Seele

Ha, ertappt!

Du stapelst also auch in deinem Arzneimittelschränkchen akustische Tranquilizer. Was haben wir denn da: Vollenweiders Harfen-Schleim neben dem allheilenden China-Öl … Kitaros Keyboard-Quark neben den betörend duftenden Kräutersäckchen … Gandalfs Dudel-Schmalz zwischen Halstabletten und dem 100er-Pflasterpack …

Macht ja nichts. Was schön klingt, wirkt gut. Und sie tat ja auch keinem was, die New-Age-Musik, denn zur Beruhigung war sie schließlich erschaffen worden. Flauschig und friedlich und freundlich plätscherte sie dahin und war von Schöpfern wie Andreas Vollenweider, Gandalf oder Kitaro kompositorisch und lautstärkenmäßig so hervorragend austariert, dass jede dieser sanft geblasenen, entrückt gedrückten oder versonnen gestrichenen Noten bedenkenlos und verletzungsfrei durch deine Nervenbahnen gleiten konnten, um irgendwo tief in dir als akustische Hängematte zu mutieren, in der deine Seele gemütlich alle Viere von sich strecken und sich angenehm ins Nirwana hinüberschaukeln konnte.

Ein Zustand, der jetzt aber nichts oder vielleicht doch nur ein bisschen mit Bewusstseinserweiterung zu tun hatte. Der Begriff New Age stand zwar dafür, aber auch für Entspannung, Stressabbau, Zentrierung – das waren drei immens wichtige Krücken, an denen man versuchte, sich einigermaßen wohlbehalten durch die üblen 1980er-Jahre zu schleppen.

Wir erinnern uns:

- Nach einem Brand bei der schweizerischen Firma Sandoz gelangten Gifte in den Rhein und ließen ihn in kürzester Zeit von Basel bis zur Loreley zur Kloake verkommen.
- Der »Saure Regen« – Luftverschmutzung durch säurebildende Abgase – sorgte dafür, dass Mitte des Jahrzehnts bereits 50 Prozent des gesamten bundesrepublikanischen Baumbestandes biologisch tot war. Die Franzosen nahmen später den Terminus dafür in ihren Wortschatz auf: »Le Waldsterben«.
- Der Glykolwein-Skandal nimmt seinen Lauf, nachdem man in österreichischen Prädikatsweinen Frostschutzmittel entdeckt hatte.
- Durch die Atomreaktorkatastophe im ukrainischen Tschernobyl in Folge einer Kernschmelze und Explosion im Kernreaktor wurden radioaktive Isotope von Jod und Cäsium freigesetzt, die die gesamte nördliche Halbkugel verseuchten.
- Das aberwitzige Wettrüsten der Supermächte sorgte jahrelang für eine latente Bedrohung durch russische SS-20- und amerikanische Cruise Missile-Raketen, die für den Transport von nuklearen Sprengköpfen vorgesehen waren, und rückte die Möglichkeit eines Atomkrieges (den von Politikern oft diskutierten, so genannten »lokal begrenzten Erstschlag«) immer stärker in unser aller Bewusstsein.
- Und dann auch noch dies: US-Präsident Ronald Reagan verkündete während einer Mikrofon-Sprechprobe, dass die Bombardierung der Sowjet-

union kurz bevorstehe – und entschuldigte sich später für diesen »Scherz«.

Da konnte man nur noch Türen und Fenster verrammeln und die Vorhänge zuziehen und sich im stillen Kämmerlein fragen: Wer bin ich, wohin gehe ich und wie lange gibt's mich noch …? Fragen, die angesichts der vielfältigen und täglichen realen und theoretischen angstmachenden Horrorszenarien durchaus berechtigt waren.

Der New-Age-Mensch lebte still und zurückgezogen im Einklang mit harmonischen, ordentlich aufgeräumten Akkorden, geheimnisvoll flackerndem Kerzenlicht, einem guten Buch – was auch immer das war, aber meistens war es Fantasyzeugs – und literweise Öko-Tee. Gerne beschäftigte er sich auch mit esoterischen Betrachtungen der Natur und sinnierte darüber, ob Wasseradern oder Erdstrahlen seinen Schlaf beeinträchtigen könnten, kaufte sich deshalb kistenweise kristalline Heilsbringer für 8,50 DM das Stück, die die negativen Energien allüberall verscheuchen sollten.

Auch vertiefte er sich in die Lehren des Baghwan Shree Rajneesh und überlegte, ob er nicht doch lieber komplett zum Aussteiger werden und in den Ashram nach Poona ziehen sollte, der gemeinhin als Tempel der Glückseligkeit galt, wenn man nur auf alles Weltliche und Geldliche verzichten würde. Dank der Berichterstattung im »Stern« über die orangefarben gekleideten Baghwan-Jünger, die Sannyasins, und ihren Chef, den stets freundlich lächelnden bärtigen Guru, dessen Konterfei an Holzperlen-Ketten um den Hals seiner Anhänger baumelten, erfuhr man Erstaunliches über spirituelle Erfahrungen, Meditations-Techniken, Encounter-Gruppen oder Tantra-Sex-Stellungen.

Sannyasins gab's aber nicht nur in Indien, sondern überall, und sie brachten wenigstens ein wenig Farbe ins triste Stadtleben, betrieben sogar Discotheken, die hell und freundlich ausgestattet waren und in denen man nicht nur auf flotte Kellner traf, sondern auch Plattenwünsche äußern durfte, die tatsächlich erfüllt wurden. Und zwar Rockmusik, nicht New-Age-Musik.

Womit wir wieder beim Thema wären. Wenn ein Instrumentalist nicht im Rock, Pop oder Jazz Fuß fassen konnte, wurde er New-Age-Musiker. Gründete womöglich sein eigenes Label und ward fortan ein reich beseelter oder beseelt reicher Mensch – wie man will. George Winston, der erfolgreichste Pianist des angesagten US New-Age-Labels Windham Hill Records, war einer der bekanntesten.

Seine hingeklimperten Tonlandschaften inspirierten Musikerkollegen sogar in der Schweiz. Der Harfenist Andreas Vollenweider zum Beispiel verkaufte von seinen Platten rund zweieinhalb Millionen Exemplare, die meisten davon in Deutschland. Was Wunder, dass auch renommierte Musiker kurzzeitig auf diesen Zug aufsprangen, weil dieser einen hübschen Batzen Geld einfuhr. Da mußte man sich nicht groß wundern, dass sich auch ein Pat Metheny einen Ausrutscher leistete. Oder Jan Garbarek, der norwegische Jazz-Saxophonist.

New-Age-Musik transportierte keine Inhalte, schloss weder das Leben mit ein noch gesellschaftliche Entwicklungen. Sie hatte auch kein Ziel, und wenn sie einen

Sinn haben sollte, dann nur als Fluchtwegbegleitung ins Ich. Nebenbei erwähnt: sie wurde ein äußerst lukrativer Industriezweig – ein Selbstläufer letztlich, ohne dass eine Plattenfirma Millionensummen in die Werbung investieren musste.

Für die verrissfreudigen Musikrezensenten herrschte eine Weile Hochkonjunktur und sie überschlugen sich mit fein gesetzten Worten. Vom »Gedudel von pompöser Einfalt« war die Rede, von »abenteuerlichen Nichtigkeiten, die sich im Nirgendwo verlieren«. Oder sie verdichteten kurz und knapp ihre Eindrücke in ebenso schlichte wie griffige Überschriften: »Pling Plang Plong« und »Plimm Plamm Plemm«.

Da aber diese klangschönen Melodien millionenfach gebraucht wurden, konnten böse Kritiken der New-Age-Musik nichts anhaben. Und deren Protagonisten wussten das und hatten bereits längst den neuen, global gültigen rhythmischen Wohlfühl-Standard festgelegt: Zum Metronom-Schlag 80 säuselten rund um die Uhr und vom Kaufhaus bis hinunter zur U-Bahn-Station glücklichmachende a-moll/G-Dur/F-Dur-Variationen, angereichert mit allerlei desinfizierten Welt-Klängen und verziert mit vielerlei Geräuschen wie anmutigen Tierstimmen, sanftem Wälderrauschen oder wilden Sturzbächen.

Für den einen waren die Natursounds Balsam fürs Gemüt. Für mich klangen sie leider immer nur so anregend, als würde auf einer sonnendurchfluteten Lichtung gerade ein Rudel Rehe Wasser lassen.

# Du wills vonne Presse sein?

## Erlebnisse rund ums Zeilengeld

Konzertkritiker … Rezensent … Feuilletonist … das klingt weltmännisch und interkontinental und nach »Spiegel«, »FAZ«, »Stern« – eben nach Dolce Vita. Doch bei der Bochumer Lokalzeitung gehörte man in den 1980er-Jahren als Rockmusik-Rezensent zur Abteilung »Jugendbereich«. Und in der Hierachie rangierte man zwischen dem studentischen Kreisliga-Sportberichterstatter und der Redaktionssekretärin, also: knapp am Ende.

Die Redakteure waren froh, endlich jemanden für diesen ungeliebten Themenbereich gefunden zu haben. Ich war engagiert und kannte mich aus. Und weil es so war, hatte ich alle Freiheiten, durfte kritisieren, analysieren und fabulieren, wie ich's für richtig befand. Gleich, ob es sich um Vorberichte, Konzertbesprechungen, Interviews, Backstage-Stories, Hintergründiges, Grundsätzliches oder Vernichtendes handelte.

Welch' ein Leben! sagten die Freunde und glaubten stets dies: dass ich freien Eintritt hätte und freie Getränke bis zum Abwinken; dass ich jeden Tag im Backstage-Bereich sässe und mit Rockstars plaudere oder zu aufregenden Parties eingeladen werde. Und dass ich auch kostenlos Platten von den Companies zugeschickt bekäme und natürlich richtig viel Geld verdiene. Schlussendlich stünde unter den Artikeln auch noch mein Name, so dass ich in der Stadt eine Berühmtheit wäre.

Alles halb so wild. Ich war nur freier Mitarbeiter bei

der Zeitung, arbeitete täglich und auch am Wochenende acht bis zehn Stunden und wurde nicht für Anwesenheit, sondern mit 35 Pfennig Zeilengeld pro Druckzeile entlohnt. Was bedeutete: Schrieb ich 60 Zeilen, und das war das Maximum für eine Konzertkritik, gab's 21 Mark brutto dafür. Da kann man sich ausrechnen, wieviel ich schreiben musste, um im Monat auf 1800 Mark zu kommen. Schließlich lebte ich von diesem Job.

Ein spannender Job. Natürlich. Besonders dann, wenn der Club in deiner Stadt eine der angesagtesten Konzerthallen weit und breit ist und du jeden Abend alle möglichen Pop- und Rockgrößen sehen und hören kannst: Tina Turner, Bobby McFerrin, The Residents, Klaus Lage, The Toy Dolls, Sally Oldfield, The Tubes, Peter Hammill oder Cabaret Voltaire, um nur einige zu nennen.

Hinter der Bühne erlebst du hypernervöse, abgedrehte Diven wie Nina Hagen, die sich in ihrer Science-fiction-Rolle als Botschafterin von Alpha Centauri gefiel; du erlebst introvertierte Einzelgänger wie John Cale, der sich mit Nerven-Tee und Meditationsübungen in Konzertstimmung brachte; du erlebst aufregende Pop-Mädchen wie Nena, die nur zwei Bier brauchte, dann wurde sie ganz still und sah mit ihren grossen, grünen Augen einfach nur süss aus.

Du erfährst nebenbei rasend spannende Dinge: Einem weltberühmten britischem Blues-Sänger gelüstete es danach, dass ihm nach der Show zwei Damen aus dem horizontalen Gewerbe zugeführt werden sollten. Grönemeyer bestand vehement in seinem Catering-Vertrag darauf, Eier nur von freilaufenden Hühnern serviert zu bekommen (die Clubbesitzer kauften allerdings ganz normale Eier, wälzten sie ein wenig in der Matsche vor ihrer Tür, und Herbert war zufrieden). Screamin' Jay Hawkins dürstete es ausschließlich nach »7 Up«-Sprudel und weigerte sich aufzutreten, weil man ihm ein ähnliches Getränk deutscher Herkunft in den Kühlschrank gestellt hatte.

Ist das Konzert zuende, kommst du aufgedreht nach Hause, legst dich mit klingelnden Ohren und Melodiefragmenten ins Bett und am nächsten Morgen sitzt du vor der Schreibmaschine in der Redaktion und verdichtest deine Eindrücke von gestern und bist in Gedanken schon bei den extrovertierten Punk-Ausbrüchen von King Kurt, die du dir heute angucken wirst, und du überlegst schon, in welche Ecke du dich stellen wirst, damit du nichts von dem Eier-Mehl-Gemisch abbekommst, mit dem die amerikanischen Trash-Rocker ihr Publikum gerne überschütten.

Aber, liebe Freunde: Du hast zwar freien Eintritt, doch die Getränke darfst du selber zahlen. Und die letztendlich verdienten 21 Mark decken nie die Zeit und Kosten. Schließlich gab es oft genug Konzerte, die für 20 Uhr angekündigt waren, aber erst zwischen 22 und 23 Uhr begannen, weil der Künstler im Stau stand oder noch im Hotelzimmer schlief oder einfach keine Lust hatte. Und dann steht man da, trinkt ein, zwei oder auch drei Dreimarkfünfzig-Pils, kaut auf einem Sechsmarkdreißig-Baguette und hat im Grunde die 21 Mark schon ausgegeben und es ist noch keine einzige Zeile geschrieben.

Da wirst du sauer und überlegst, ob du diese Geschichte heute Abend nicht lieber »kalt« schreibst. »Kalt schreiben«? Kalt schreiben ist ein zwar nicht erlaubtes, aber beliebtes journalistisches Mittel und wird immer dann eingesetzt, wenn so ein Abend wie heute ist. Du gehst nach Hause, setzt dich an die Schreibmaschine und formulierst eine blumige Geschichte und fragst am nächsten Tag den Veranstalter, ob die Show stattgefunden hat und wieviel Leute da waren …

Nun, das ist die eine Seite. Aber es gibt auch dies: Nehmen wir irgendein x-beliebiges Konzert … Von mir aus die »Rockpalast«-Aufzeichnung mit dem ex-Sex Pistols-Sänger Johnny Rotten und seiner neuen Formation John Lydons Public Image Ltd, 1983. Natürlich sowas von ausverkauft. Und eine irre lange Schlange vor der Abendkasse, die sich bis in die Prinz-Regent-Straße windet. Und kaum, dass ich mich zum Kartenabreißer durchgeschlagen habe, ihm sage, dass ich von der Zeitung bin und um Einlass begehre, geht's wieder los:

– Du wills vonne Presse sein?

Er schüttelt den Kopf, grinst breit, sagt nee, nee, und ich steh' da mit meinem Clubausweis und kann es nicht fassen. Ja, liebe Freunde: von wegen, man ist eine Berühmtheit in der Stadt …

Und es war nicht das erste Mal. Es genügte eben nicht, mittags im Club anzurufen und sich anzukündigen. Nein, die Betreiber wollten die Pressebesuche organisiert wissen. Also erhälst du einen Club-Ausweis und dir wird felsenfest zugesichert, dass du ab sofort jederzeit ohne telefonische Voranmeldung kommen kannst. Feine Sache. Und dann stehst du am Eingang:

– Was'n das für'n Ding?

Heißt es plötzlich. Und sie drehen den Ausweis hin und her.

– Kennen wa nich. Hat uns keiner was von gesacht. Du wills vonne Presse sein? Junge, mach hin, zieh die Bahn!

Und sie komplimentieren dich unsanft aus dem Pulk heraus. Und die Menge lacht.

Du bist verärgert und überlegst: Kalt schreiben? Gar nicht schreiben? Oder was?

Es war ein Spiel, das sich mehrmals im Jahr wiederholte. Egal, welche Legitimation ich auch immer hatte, ob der Club-Ausweis grün, blau oder gelb war, oder ob in fetten Lettern PRESSE draufstand, oder ob ich angerufen und mich auf die Gästeliste hatte setzen lassen – die kräftigen Jungs am Eingang ließen nichts gelten.

– Du wills vonne Presse sein?

Das war ihre Standard-Formel. Oder sie sagten einfach, jetzt gilt nur der rote Ausweis, obwohl man dir morgens noch eine richtige Eintrittskarte mit Pressestempel geschickt hatte.

Wie lieb waren mir da offizielle Einladungen zu richtigen Stars. Ja Freunde, das waren jene Momente, in denen ich euch um Lichtjahre voraus war, um die Ihr mich zu recht beneidet habt; Momente, die ich ausnahmslos genoss. Du wirst in die Lounge des teuersten Hotels, sagen wir mal, nach München oder Berlin, geladen:

– Hi Ulli, du bist der von der Zeitung? Herzlich willkommen! Ich bin die Claudi!

Quirlige junge Damen von der Plattenfirma becircen dich schon während des Fluges, drücken dir unaufgefordert Tonträger, Schampus und Werbematerial in die Hand, haben extra für dich 30 Minuten Interview-Zeit reserviert. Kaum im Hotel, triffst du auf Berufskollegen, mit denen du ein wenig plauderst. Und dann trinkst du noch einen Schluck Perrier und bist endlich dran und der Star, sagen wir mal, David Lee Roth von Van Halen, empfängt dich mit offenen Armen, sagt locker & freundlich:

– Hi, how are you? Nice to see you!

Und du weißt in dieser Sekunde, dass es jetzt nur noch gut werden kann; und, tatsächlich, nach der halben Stunde hast du eine tolle Geschichte im Block, man verabschiedet sich herzlich, und du gehst hungrig und mit bester Laune zum Büfett, wo Lachsschnittchen, Filetspitzen, Medaillons und die schmackhaftesten Käse-Arrangements auf dich warten. Und später, so wird dir gesagt, gibt der Star extra für die Presse ein kleines Lounge-Konzert und danach ist noch eine Party und morgen früh geht's mit dem Flieger zurück.

DAS war wirklich Dolce Vita, da war ich wirklich interkontinental tätig. Nur: das war nun mal nicht die Regel.

# Wir sind das Volk!

## 9. November 1989: Musik und Mauerfall

Die 23jährige Beate aus Hattingen, die in Hamburg studierte, schrieb zwei Tage später, am Samstag, dem 11. November, in ihr Tagebuch:

– Heute ist nicht nur Karnevalsbeginn, nein, sondern auch eines der bedeutensten Wochenenden in der Geschichte! Na gut … Deutschland wird so schnell nicht vergessen werden … Wie auch immer. Bürger der DDR machten Hamburg unsicher und nicht nur Hamburg. Bernd, der im Grenzort Schlutup ein recht ruhiges und beschauliches Leben führte, dürfte nun mitten im Trabimief erstickt sein. Für uns ging der Alltag weiter, man verschlief ja glatt die Ereignisse.

ARD, Donnerstag, 9. November, 20 Uhr, Tagesschau: Man sieht den abgespannten Günter Schabowski, Mitglied des Politbüros des ZK der SED, während einer Pressekonferenz. Ihm wird ein Zettel zugeschoben und beinahe beiläufig liest er vor: *Mir ist eben mitgeteilt worden … der Ministerrat der DDR hat beschlossen … Privatreisen nach dem Ausland können ohne Vorliegen von bisherigen Voraussetzungen erfolgen …*

Heinz-Peter aus Dortmund, 34, hatte Kontischicht und war am 9. November gar nicht zu Hause.

Schabowski weiter: *Um befreundete Staaten zu entlasten, habe man sich entschlossen, die Grenzübergänge von der DDR zur Bundesrepublik und nach West-Berlin zu öffnen …*

Susanne erzählte später, sie sei erst um halb zehn

abends nach Hause gekommen. Die 26jährige Essenerin, seit zwei Jahren in Berlin, hatte den Fernseher nicht eingeschaltet. Ihre Heizung war kaputt und in ihrer Wohnung im Afrikanischen Viertel im Wedding fror sie wie ein Schneider.

Einer der Journalisten stellt eine Frage: *Gilt das für die ständige Ausreise oder für einfache Besuche?* Schabowski: *Für beides.* Der Journalist: *Ab wann?* Schabowski, zögerlich: *Wenn ich richtig informiert bin …*, und er guckt etwas hilfesuchend auf seinen Zettel, *dann gilt diese Regelung unmittelbar …*

Ulli, 32 Jahre, aus Bochum, erholte sich im ostfriesischen Greetsiel, übte an diesem Donnerstag auf seiner Gitarre Melodienläufe von David Qualey und schaute nur sporadisch ins Fernsehgerät.

Frank, 26 Jahre, aus Gladbeck, erzählte später, dass er an diesem Abend nur eines gedacht habe: Ach du je, dann haben wir ja bald die ganzen Ossi-Bands hier …

Das denkwürdige Ereignis in jenen Novembertagen hatte eine Menge Leute vom Stuhl gerissen. Ein paar wenigen war es egal, weil die Täterä, also die DDR, ja eigentlich immer Ausland war. Man wußte nie so recht, was hinter dem von den SED-Herren so euphemistisch umschriebenen »antifaschistischen Schutzwall«, eben der Mauer, vor sich geht, außer, man hatte Verwandte dort.

Beate, Susanne, Frank, Dieter und Heinz-Peter hatten keine. Sie kannten nur die wenigen kulturellen Highlights, die im Westen Fuß gefaßt hatten, eben den Schauspieler Manfred Krug, Liedermacher Wolf Biermann oder Nina Hagen, die Ende der 1970er-Jahre 'rüber gemacht hatte.

Und eine Hand voll DDR-Helden der Unterhaltung waren ihnen auch noch ein Begriff, schließlich gab's deren Platten auch im Westen. Nämlich die von Schlagersänger Frank Schöbel, von Silly, City, Pankow, den Puhdys oder Karat. Aber sie hatten es eigentlich nie verstanden, warum es Udo Lindenberg seinerzeit so wichtig war, mit dem *Sonderzug nach Pankow* in die DDR einzufahren und sich dafür vorher beim SED-Chef Erich Honecker mit einer Lederjacke einzuschmeicheln.

Nein, die DDR blieb für die Fünf stets ein Blinder Fleck auf der Deutschlandkarte und es reichte ihnen vollkommen aus, bei sporadischen Autofahrten nach Berlin die polizeistaatmäßige Freundlichkeit der Ost-Grenzer genießen zu dürfen.

Und jetzt dies!

Fernsehbilder, prall gefüllt mit abertausenden von Menschen, die entweder immer noch »Wir-sind-das-Volk!«-rufend durchs Brandenburger Tor drängten oder mit ihrem Trabant durch Hamburg oder Lübeck tuckerten. Mit Tränen in den Augen. Voller Freude und Hoffnung.

Und dann diese Politiker! Wie sie sich mit geschichtstauglichen Sätzen in Szene setzten: *Wir sind jetzt in der Situation, wo wieder zusammenwächst, was zusammengehört*, so Willy Brandt am 10. November bei der ersten Massenkundgebung nach Öffnung der Mauer vor dem Schöneberger Rathaus in West-Berlin. Dieses Statement war gut. War aber eine Zeit vorher vom sowjetischen Regierungschef und Reformer Michail Gorbatschow schon übertroffen worden: *Wer zu spät kommt, den bestraft das Leben!*

– Ist ja schon 'ne tolle Sache, wir erleben jetzt mal richtig Zeitgeschichte und sind hautnah dabei, sagte Frank.

– Na, da musste schon dahin fahren, wenn du hautnah dabei sein willst, sagte Ulli.

– Dann kannste gleich mal ein paar Restbestände Rotkäppchen-Sekt und Club-Cola mitbringen. Die wird's nämlich nicht mehr lange geben, sagte Beate.

Susanne und Heinz-Peter sagten nichts.

Kurz vor der Jahreswende trafen sich die fünf Freunde mal wieder zum gemeinsamen Frühstück in einem Café in der Bochumer Innenstadt. Und natürlich war die Grenzöffnung ein Thema. Was wohl noch alles passieren wird? Mit der Sowjetunion zum Beispiel. Oder mit den anderen Ostblockstaaten. Fallen jetzt alle Schranken?

– Kannste dich noch an Omega erinnern? Dieser Wahnsinnsband aus Ungarn? Die treten sicherlich bald wieder hier auf, sagte Heinz-Peter.

– Du immer mit deinem alten Kram. Den Jazzer Niemen aus Polen fand ich immer viel besser, sagte Susanne.

Ulli, der bei der Zeitung arbeitete, sagte, dass er einen Artikel recherchiert habe, über die DDR-Rockmusik, und dass die Kids da drüben jetzt froh seien, dass sie die Bands nicht mehr hören müssen. Und dann habe ein ehemaliger Mitarbeiter der Plattenfirma VEB Amiga auch zugegeben, dass der Ost-Rock stets flach, platt, eindimensional und wie ein akustischer Strich zwischen den Lautsprechern gewesen sei und dass man technisch immer tief in die Mottenkiste gegriffen habe. Nein, die Leute hätten die Nase voll, die seien mit einem Mal europäisch geworden und dem müsse man nun Rechnung tragen.

– Wieso interessiert uns denn plötzlich das, was da damals in der DDR musiziert wurde? Ist doch egal, sagte Beate.

– Vielleicht sollten wir einfach an die Ostsee fahren, nach Rügen. Das soll dort landschaftlich ganz klasse sein, sagte Ulli.

– Das stimmt, aber laß' uns noch eine Weile abwarten, bis sich die Dinge dort ein wenig eingespielt haben. Vielleicht im Juli? Dann könnten wir erst nach Berlin und uns »The Wall« von Pink Floyd nochmals anschauen. Roger Waters plant da ein Riesenprojekt mit den Scorpions, mit Ute Lemper, mit Cindy Lauper, sagte Heinz-Peter.

– Ja, hab' ich auch gehört, die wollen am Potsdamer Platz die Mauer wieder aufbauen. 164 Meter lang und 18 Meter hoch. Wahnsinn. Aber aus Styropor soll sie diesmal sein, sagte Beate.

– Gibt's dann auch wieder fliegende Schweine wie damals in der Westfalenhalle? Die Show war doch doof, sagte Ulli.

– Wenn's dann stattfindet, können wir uns das ja noch mal überlegen und einen Berlin-Besuch mit dem Ostsee-Urlaub verbinden, sagte Beate.

– Komisches Gefühl. Ha, die DDR als Reiseland? Gibt's da überhaupt Hotels? Oder Supermärkte? Wie heißt das da noch: HO-Geschäfte …? Intershops …? Nee du, ich weiß nicht, sagte Heinz-Peter.

– Ach komm, für 'ne Woche nur … Und mal ein bisschen gucken gehen da drüben. Ist doch die einzige und letzte Möglichkeit, Sachen zu sehen, bevor da sicherlich alles abgerissen, saniert oder renoviert wird, sagte Susanne.

– Weißt du, wer sich jetzt ärgern wird? Das fällt mir gerade mal so ein. Könnt ihr euch noch daran erinnern, als im »Stern« stand, dass der Hans Beierlein, der Manager von Heino, die Rechte für die Melodie der »Internationalen« erworben hatte? Das war, glaube ich, vor sechs Jahren. Da schrieben die noch, dass, wann immer im Osten in irgendeiner Form das Lied gespielt wird, der Mann richtig Kohle verdienen würde, sagte Heinz-Peter.

– Ja, das ist ja wohl jetzt vorbei, sagte Ulli.

Alle lachten und Susanne begann leise zu singen: *Völker hört die Signale, auf zum letzten Gefecht …* Und die anderen rührten dazu in ihrem frischen Cappuccino, bissen in die Berliner Ballen und summten ein bisschen mit.

# Süffiger Blues in grauer Schutzpappe

## Mit Rory Gallagher allein in der Schallkabine

Als ich im Juni 1995 vom Tod des irischen Bluesrock-Gitarristen Rory Gallagher erfuhr, schwirrten mir viele Episoden durch den Kopf, die mich mit ihm verbanden. Bis weit in die 1980er-Jahre hinein war mir Rorys Musik stets gegenwärtig gewesen.

Nicht als die wichtigste Musik in meinem Leben, sondern eher als eine nie zu vernachlässigende Größe nebenbei. Seine Songs wie *Bullfrog Blues*, *Used To Be*, *Messin' With The Kids*, *Laundromat* oder *Moonchild* sorgten dafür, dass sich Schularbeiten flotter erledigten, sorgten dafür, dass sich zähe Feten auflockerten, sorgten dafür, dass sich eine ungemein positive Stimmung bei den automobilen Wochenendtrips mit Freunden nach Holland, Belgien oder Frankreich aufbauten – wir sangen oder pfiffen mit oder spielten dazu Luftgitarre.

Rory war ein launiger musikalischer Geschichtenerzähler, ein genialer Saiten-Derwisch, der mühelos zart gezupfte Melodien und rauh gerupfte Riffs mit den verschiedensten Picking- und Slide-Techniken zusammenfügen konnte und das Ergebnis daraus zu seiner unverwechselbaren Musik machte.

Gallagher war ein beseelter und besessener Spieler. Aus Blues und Rock mixte er sich sein Lebenselexier, das ihn durch alle Höhen und Tiefen brachte und ihn im Sommer 1977 sein bestes Konzert spielen ließ: bei der »Rockpalast«-Premiere in der Essener Grugahalle.

Er war auch einer, der bei seinen Konzerten kaum zum

Ende kommen wollte. Noch ein Stück und noch eine Nummer auf der Akustischen und noch eine Zugabe auf der Mandoline … Und auch beim Plattenhören kam es mir immer so vor: Rory spielte und spielte … Noch ein Stück, noch eine Nummer … Doch die Toningenieure haben dann wohl irgendwann einfach den Regler heruntergedreht und gesagt: Rory, jetzt ist Schluss, es reicht, die Platte ist fertig!

Eine seiner zahlreichen Aufnahmen, das Album »Rory Gallagher«, das er nach dem Split seiner Band Taste einspielte, lernte ich in einer der dumpfen Schallkabinen der Stadtbücherei in Bochum lieben. Schallplattengeschäfte, in denen man die Produkte auch hören konnte, waren noch rar zu jener Zeit, und dass es im Gebäude der Stadtbücherei, in der man einen größeren Raum abgetrennt und zur Musikbücherei erklärt hatte, überhaupt Rock-Platten zum Anhören gab, erfuhr ich durch Zufall von einem Mitschüler, der einen besonderen Ausweis für die Musikbücherei besass und deshalb auch schon Rory Gallagher kannte.

Mein Ausweis galt nur fürs Ausleihen von Büchern. Nicht zum Hören von Platten. Dafür musste ich mich in der Musikbücherei extra registrieren lassen. Was ich dann auch tat. Die Liste, in der die Scheiben zum Anhören verzeichnet waren, war nicht lang. Den meisten Raum nahm dabei die klassische Musik ein. Aber es gab neben den Gallagher-Scheiben »Rory Gallagher« und »Deuce« (die beide im gleichen Jahr, nämlich 1971 erschienen) und den älteren Taste-Scheiben auch Status Quo (»Dog Of Two Head«), Cream (»Disraeli Gears«) oder Creedence Clearwater Revival (»Green River«). Mehr nicht.

Ich bat die nette Mitarbeiterin, mir doch die »Rory Gallagher«-Platte auszuhändigen. Nein, alleine dürfe ich sie nicht auflegen, das mache nur das Personal, also sie. In der verglasten Schallkabine, so eng und stickig wie in einer Telefonzelle, stand ein Stuhl, ein Schallplattenspieler nebst Verstärker und eingestöpseltem Kopfhörer. Die Mitarbeiterin brachte mir die Schallplatte, die in einer grauen Schutzpappe steckte, zog sie heraus, gab mir das Cover zum Lesen, legte dann die Scheibe auf, startete den Spieler. Ich solle ihr Bescheid geben, wenn die erste Seite zuende ist, damit sie die Platte umdrehen könne, und: ich solle nur nichts verändern, schon gar nicht am Verstärker!

Jetzt saß ich da einsam in dieser Kabine und konzentrierte mich, da die eingestellte Lautstärke für Rockmusik denkbar ungeeignet war: nämlich viel zu leise. Trotzdem kam er 'rüber, der mit voller Kraft gespielte und auf den Punkt gebrachte Bluesrock, diese Knaller-Nummern wie *Hands Up* und *Sinner Boy* und dieses magische *For The Last Time*. Natürlich wollte ich auch die zweite Seite hören. Auch hier der gleiche frische Gitarrensound, der mich ansteckte und Lust auf mehr machte.

Ich hatte gleich zweimal einen Grund, mich zu freuen. Zum einen: Weil ich Rory Gallagher für mich entdecken durfte. Zum anderen: Irgendwann einmal seinen Bluesrock so hören zu können, wie es sein musste: nämlich laut. Kaufen konnte ich mir seine Platten leider noch nicht, denn mein knappes Taschengeld – 10 Mark – reichte gerade mal für zwei Single-Platten im Monat.

Also ging ich nun jede Woche in die Musikbücherei und liess mir die Gallagher-Scheiben nacheinander auflegen und rundete solche Nachmittage anschließend mit Status Quo- oder Cream-Musik ab, nur um mir klarzumachen: Es gibt nicht besseres auf der Welt als die Musik von Rory Gallagher. Die süffigen Songs kitzelte der Musiker aus seiner abgewetzten Fender-Stratocaster, deren Blessuren sicherlich noch aus wilden Taste-Zeiten stammten. Ab 1971 debütierte Rory unter seinem eigenen Namen und tourte seitdem mit einem Bassisten und einem Schlagzeuger rastlos mehrmals rund um den Globus.

Rory Gallagher, der in *Moonchild* ein exemplarisches Intro-Riff zementierte, ähnlich dem in *Satisfaction* von den Rolling Stones oder in *Smoke On The Water* von Deep Purple, wurde keiner dieser Gitarristen-Stars, die sich plötzlich mit weißem Anzug unnahbar machten oder ihren Sound hin und wieder als wohlschmeckendes Dressing für fade Chartmusik-Salate teuer vermieteten.

Nie war der am 2. März 1948 in Ballyshannon im County Donegal, Irland, geborene und in Cork aufgewachsene Gallagher anders zu denken als so: rot-weißkariertes Baumwollhemd, Jeansjacke, Jeanshose, weiße Turnschuhe.

Er spielte und sang und blieb immer er selbst, und über all die langen Jahre auch der schwitzende Handwerker, der mit überbordender Freude am Spiel und flitzeflinken Fingern aus jedem Konzert für sich und für uns einen Premieren-Abend machte, auch dann noch, wenn er manche seiner eigenen Titel und seine Lieblingsstücke unter anderem von Big Bill Broonzy oder Muddy Waters schon zum x-ten Mal gespielt hatte.

Rory war schlicht und einfach ein Musiker. Nie mehr, nie weniger.

Rory Gallagher war 46 Jahre alt, als er an den Spätfolgen einer Lebertransplantation starb.

# Jede Menge Gedröhn und Gezirpe

## Meine erste Langspielplatte: »Tanz der Lemminge« von Amon Düül II

Schon wundersam, wenn die erste Langspielplatte, die du dir in deinem Leben kaufst, mehr experimentellen Lärm als durchstrukturierte Musik birgt und du dich dann auch noch mit Texten über die Glasaugen-Liga oder einen Zwerg mit Eisenfuß beschäftigen mußt. So erging es mir mit fünfzehn, als ich »Tanz der Lemminge« erstand, eine Doppel-LP für teure 29 Mark. Die Gruppe nannte sich Amon Düül II, kam aus München und war in den frühen Siebzigern die deutsche »Psychedelic«-Band schlechthin.

Ich kannte weder die Gruppe, noch wusste ich, was die spielen. Und was »Psychedelic-Music« war, davon hatte ich erst recht keine Ahnung. Dass ich dennoch ausgerechnet diese LP haben wollte, lag einzig an dem aufwändig-auffälligen Klapp-Cover.

Bislang hatte ich nämlich so was Irritierendes noch nie gesehen: Die rot eingefärbte Collage zeigt eine undefinierbare Röntgenaufnahme, in der sich Nebelbänke, fliegende Pferde, die Turbine eines Düsenjets und ein germanischer oder römischer Krieger aufhalten. Am unteren Bildrand stehen elisabethanische Figuren Spalier. Die Fotomontage auf der Rückseite, eine Mitten-Spiegelung, zeigt einen Baum und ein ausgefranstes Sofa, auf dem eine Person mit Hut, Umhang und Pferdekopf-Skelett Platz genommen hat. Schlägt man das Cover auf, findet man sich im Cockpit eines Raumschiffes wieder, das auf seiner Reise durchs All beinahe mit einer altägyptischen Büste kollidiert.

Nun hielt ich also endlich meine erste LP, und gleich eine Doppel-LP, in Händen und – beschnupperte zunächst den Karton. Ja, tatsächlich, ich schnupperte an meinen Platten! Die Vinyl-Scheiben rochen nämlich komisch. Es war ein eigentümlicher, leicht süßlicher Geruch, der sich auch im Klapp-Cover festgesetzt hatte. Und obwohl die Platte sicherlich schon eine Weile im Fenster des Plattenladens gelegen hatte, verströmte der bunte Karton trotzdem den Duft einer wilden Frische, so, als ob das Cover gerade eben erst aus der Druckerpresse herausgefahren worden wäre.

Riechen und staunen, lesen und wiederum riechen und lesen. Komische Titel: *Dehypnotized Toothpaste, A Short Stop At The Transsylvanian Brain Surgery, Telephonecomplex, Riding On A Cloud, Race From Here To Your Ear.* Verwegene Titel allesamt … Längst nicht so griffig wie *Yummy Yummy* oder *Ob-La-Di Ob-La-Da* oder *You-Kou-La-Le-Lou-Pie.*

Vorsichtig zog ich Scheibe Nummer eins aus der Schutzhülle, pustete ein paar Staubkrümel ins Licht und drückte die Platte sanft auf den Teller meines schmutzigweißen Dual H 80 Phonokoffers (» … mit Chassis 410 und eingebautem Transistor-Verstärker und Lautsprecher, ca. 10 Watt. Drehregler für Ein/Aus, Lautstärke, Höhen und Tiefen. Versenkbarer Tragegriff seitlich. Ausführung in Nußbaum weiß, Deckel weiß, inklusive manuellem Plattenspieler mit Stereo-Kristall-Tonabnehmer CDS 641 mit DN 8 bzw. DN 83. Reibradantrieb über Stufenscheibe, 16/33/45/78 Touren, Abschaltautomatik … «) hob den Arm, bog ihn zum Start nach hinten, dann wieder zurück nach vorn und setzte die Nadel in die Rille: Es knisterte im Deckel-Lautsprecher.

Und dann ging's los: Schrille Geigenklänge, abgehackte Finger-Pickings auf der akustischen Gitarre, quietschende Orgelsounds, brummelnde Bässe und ein augenscheinlich leidender Sänger: mein Gott, wie der die Melodien herunterleiert … Auf einmal, mitten im Stück – Stille. Eine halbe Minute? Eine dreiviertel Minute? Keine Ahnung. Auf jeden Fall rummste es plötzlich los, fürchterlich schleppende Schlagzeug-Figuren und brutale E-Gitarren-Riffs überrumpelten mich, und ich war mir im gleichen Moment sicher, dass die alle gar nicht spielen konnten. Dass das alles ein Witz war.

So ein Reinfall. Dieses wirre und irre klingende Zeug hatte weder Form noch Stil oder gar einen roten Faden. Nur Gedröhn und Gezirpe. Ich setzte die Nadel ein Stück weiter. Kaum ein Unterschied. Ich kramte Platte Nummer zwei aus dem Cover und konnte es nicht glauben: So viele Klänge, so viele Töne und doch keine Musik. Oder war es doch Musik?

Mit den Hits aus den Top Ten kannte ich mich aus: Strophe, Refrain, zweite Strophe, Solo, dritte Strophe, Refrain, Schluß. Oder mit Rocksongs. Nämlich die von Hawkwind, Alice Cooper, Status Quo. Durchschaubare, verständliche Songs. Aber diese Klanggebilde? War das vielleicht was ganz Neues? War das akustischer Müll? Es machte mich auf jeden Fall neugierig.

Ich verzichtete also für eine Zeit auf meine Lieblings-Radiosendungen und hörte mir Amon Düül II intensiver an. Das Neue war so fremd, aber auch so spannend. Und nach ein paar Tagen hatte es mir die 18minütige Improvisation *The Marylin Monroe Memorial Church* besonders angetan. Es war eine Komposition, die irgendwie mit Sphärenklängen begann und irgendwann mit Sphärenklängen aufhörte. Dazwischen fetzten die Jungs und eine Frau (von denen ich nie wußte, wie sie aussahen, da die Mini-Fotos im Klapp-Cover kaum zu erkennen waren, weil sie künstlerisch und mit vielen Farbtupfern zusätzlich verfremdet waren) schrill-schräge Gitarrenläufe und zwirbelten mengenweise exotische Tönchen aus ihrem reichhaltigen Equipment, zu dem neben den üblichen Rock-Instrumenten auch eine Sitar, ein Mellotron, mehrere Orgeln, eine Geige und tonnenweise Perkussions-Instrumente gehörten.

Musik und Text schienen wohl eine Einheit zu bilden. Also mühte ich mich darum, nachdem ich die Klangstrukturen einigermaßen verdaut hatte, die Texte zu entschlüsseln. Da saß ich also mit meinem Wörterbuch vor dem Lautsprecher und versuchte, das Geheimnis des Gesungenen zu lüften:

*Reiß' deine Maske herunter, Wolf im Schafspelz!*
*Du hast den Zwerg mit dem Eisenfuß gefressen.*
*Die Glasaugen-Liga jedoch vermisst ihn.*
*Es ist wirklich eine beschämende Situation.*
*Ein Dollar pro Tag hält dir die Bullen vom Hals.*
*Aber der Wolf hat immer noch Angst …*

*Zwerg mit dem Eisenfuß … Glasaugen-Liga …* das ergab doch keinen Sinn. *Silver Machine*, *School's Out*, *Paper Plane* – diese Songs waren inhaltlich klar, da mußte nichts gedeutet werden. Aber dies hier?

Ich kümmerte mich erst einmal nicht weiter um die Textinhalte, sondern achtete auf den Rhythmus der Worte, auf die Melodie des Versmaßes. Und: Ich schloss fast über Nacht diese flatterhaften Kompositionen immer mehr ins Herz, liebte diese merkwürdigen Melodien, die eine geheimnisvolle Atmosphäre verbreiteten.

Besonders nachts, wenn ich vorsichtig mit meinem Plattenspieler hantieren musste, da meine Eltern direkt neben meinem Zimmer schliefen. Nachts verhalf mir diese Musik sogar zu einer anderen Sicht der Dinge. Meine Träume wurden bunter. Und aufregender.

In den stillen Stunden nach den Schularbeiten spielte ich immer häufiger meine Düüls. Legte mich dazu auf die Couch, schloss die Augen und träumte: *Glasaugen-Liga …, Wolf im Schafspelz …* und – platsch! – hockte ich plötzlich mittendrin in der enthypnotisierten Zahnpasta und rutschte auf einer endlosen Zahnbürste hin und her. Ein rasanter Spaß. Wahnsinn …!

Bald genügte mir das Studium der Platte nicht mehr, ich wollte mehr wissen über Macher und Musiker, wurde immer süchtiger nach Text- und Toncollagen Düülscher Art und nach all den Dingen, die sich um »Psychedelic-Music« rankten. Ich sog die Schlagworte auf, ohne sie so recht zu begreifen: Bewusstseinserweiterung, LSD (wie lange hatte ich gebraucht, bis mir *Lysergsäurediäthylamid* locker über die Lippen ging), Van-Nelle-Tabak, Farbrausch, Afri-Cola, Timothy Leary, das Zeitalter des Wassermanns, Patschuli-Düfte, Räucherstäbchen.

Man las John C. Lillys »Im Zentrum des Zyklons« (Thema: Wie trainiert man in einem geschlossenen Wassertank unter Drogeneinfluß die Erweiterung seines

Bewusstseins? Oder so ähnlich). Man pappte Alufolien an die Wand, schraubte Schwarzlichtbirnen in Lampenfassungen, nannte das psychedelische Hörraum-Atmosphäre. Man beschäftigte sich mit Telepathie, Telekinese, Traumdeutungen, mit dem Freiburger Parapsychologen Professor Bender, mit Erich von Däniken. Alle Welt argwöhnte Geheimnisvolles im Bermuda-Dreieck und bewunderte Uri Geller, einen sympathischen Löffelverbieger aus Israel, der in Wim Thoelkes »3x9«-Fernsehshow eine magische Deutschland-Premiere feierte.

Auch ich wurde an öden Samstagabenden, wenn die Eltern beim Kegeln waren, zum Hörraum-Bastler, zerknitterte die Alu-Folie und nagelte fünf anderthalb Meter lange Bögen an die Wand übers Bett. Rechts und links daneben drapierte ich die fluoreszierenden Poster von Jimi Hendrix und dem Mädchen mit Afro-Tolle und Joint. In die Nachttischlampe schraubte ich die Schwarzlichtbirne ein, stellte die Funzel auf den Bettkasten, genau mittig zwischen die zwei Poster. Ich knipste das große Licht aus, die kleine Lampe an – und war begeistert: Jimis Zähne strahlten im satten Blendax-Weiß, der Joint glühte. Ich zog die dicken Fenstervorhänge zu, knuddelte mir meinen knallroten Knautschlack-Sitzsack zurecht und legte vorsichtig, ganz vorsichtig den »Tanz der Lemminge« auf. Hockte mich im Schneidersitz auf das Kissen, zündete eine Kerze an …

Lang ist's her, und plötzlich fiel mir all dies wieder ein, als ich vor ein paar Tagen Zeit hatte, meine Plattensammlung durchzusehen. »Tanz der Lemminge« besitze ich tatsächlich immer noch, und die Platte hat die Jahrzehnte der Ruhe gut überstanden. Kaum zu glauben:

Im Klapp-Cover ist sogar noch dieser süßliche Geruch konserviert! Ich will es wissen, ob die Magie der frühen Jahren heute noch funktioniert. Allerdings ohne Alu-Folien und Räucherstäbchen und Psychedelic-Brimborium. Ich verdunkele also nur den Raum.

Und ziehe Scheibe Nummer eins aus der Hülle, puste ein paar Staubkrümel ins Licht und drücke sie sanft auf den Teller. Hebe den Arm, biege ihn zum Start nach hinten, dann wieder zurück nach vorn und setze die Nadel in die Rille: Es knistert im Lautsprecher. Und dann geht's los: Flirrende Geigenklänge, sanfte Pickings auf der akustischen Gitarre, molligwarm fließende Orgelsounds, sanfte Bässe, elfengleicher Gesang. Und dann schweben sie wieder an mir vorbei: … Elisabethanische Wölfe …, … Figuren im Schafspelz …, … Pferde mit Glasaugen … Und plötzlich – schwupps! – platsche ich in die enthypnotisierte Zahnpasta und rutsche auf einer endlosen Zahnbürste hin und her. Wahnsinn …!

# Wenn der Landvogt den wiederbelebten Zivilisationsflüchtling besingt

## Über Klang-Alchemisten und eine offene Frage

Die Zahl der Wortprägungen für das, was Rock- und Popgruppen seit über 50 Jahren tun, ist erheblich angewachsen. Ein Blick in die Zeitung: Da grinsen mich aus einem Foto heraus vier gutgekleidete junge Männer trotzig, aber nett an. Aha, denke ich, die spielen sicherlich etwas Ruhiges, vielleicht ein wenig Blues. Doch weit gefehlt. Laut Info hantiert dieses Quartett mit »Wave'n'Pop« und »Countrybilly«-Einflüssen und beackert seinen »Revival-Rock« in »hippiesker« Tradition.

Hören gibt Auskunft, denn ins Deutsche übersetzbar sind diese Chiffren nicht. Zu viele Interpretationen wären möglich. Bei falscher Anwendung würden sie dem Musikstil nicht gerecht und in die Irre führen. Aus Spaß wälze ich einfach mal das Wörterbuch: »Wave« heißt winken, heißt wehen, heißt Welle. »Pop« kann bedeuten: knallen, platzen, ballern, sausen, steht aber in diesem Fall eher als Abkürzung für »popular«, also populär, beliebt. Der »Hippie« bleibt Hippie, da muss man schon in ein Synonym-Lexikon gucken, um ihn dort als Zivilisationsflüchtling zu finden. »Revival« ist eine Wiederbelebung und »Countrybilly« gibt's in dieser Zusammenstellung gar nicht. Ist das vielleicht ein Landvogt oder gar ein Bauernknecht? Und wenn ja, was hat der dann mit der »beliebten Welle des wiederbelebten Zivilisationsflüchtlings« oder so ähnlich zu tun? Und: wie mag sich das wohl anhören?

Damals, als die Rockmusik noch jung war, gab es »Boogie-Woogie«, »Blues« und »Rock'n'Roll«. Eine klare Sache. Doch schon bald wurden die Klassifizierungen mannigfaltiger und bedeutungsschwerer, meine Plattensammlung wuchs zwangsläufig und aus dem beiläufigen Nur-mal-so-Zuhören wurden intensive Lauschrausch-Stunden.

Es gab »Classic-Rock« und »Progressive-Music«, auf »Art-Rock« folgte »Pub-Rock« und »New Wave« und »New Electronic« oder »New Romantic«. Dann hieß es »Punk« und »Fun-Punk« und »Garage-Rock« und ehe man sich daran gewöhnt hatte, spielte man schon längst »Post-Punk«. Aus dem »Post-Punk« wurde »Seattle-Rock«, dann »Grunge«, den es auch schon lange nicht mehr gibt, dafür ist eben »Post-Grunge« angesagt. Es gab »No Wave«-Musik und »Fake-Jazz«, es gab »Psychobilly« und »Rockabilly«, nicht zu vergessen auch dies: »Hiphop«-, »Rap«-, »House«- und »Raggamuffin'«-Rhythmen, »Techno«, »EBM-Sounds« und »Industrial«. Der »Hard-Rock« mutierte mit der Zeit zum »Heavy-Metal« und gebar jede Menge Bastarde: »Gothic-Metal«, »Black-Metal«, »White-Metal«, »Speed-Metal«, »Trash-Metal« und so weiter. Rockte man noch härter, schneller und lauter, nannte die Band das »Crossover«. Allerdings gab und gibt es diese Kategorie auch in weiten Bereichen der »World-Music«, nur wird da nicht laut, schnell und hart gerockt, sondern einfühlsam mit »Rai«-, »Zydeco«-, »Swamp«-Sounds oder sonstigen Stilen aus dem Grenzbereich zwischen Orient und Okzident experimentiert. Puh …

Natürlich hinke ich auch heute noch ständig mit dem Hören hinterher. Geht ja auch nicht anders, wenn anscheinend alle drei, vier Wochen die Musik revolutioniert wird. Erwische ich aber zufällig mal einen Tonträger jener eifrig musiziernden Klang-Alchemisten, dann erinnert mich das Melodie- und Rhythmus-Gemenge im Kern stets an »Boogie-Woogie«, »Blues« oder »Rock'n'Roll«.

Aber ich bin vom Thema abgekommen. Denn es soll doch darum gehen, dass es ein fataler Fehler wäre, heimische Interpreten mit all dem hübschen Wortgeklingel zu ummanteln. Da käme der ein oder andere zu tonschöpferischen Ehren, die er vielleicht gar nicht verdient hätte. Immerhin nähren sich dann solch' bodenständige Bekenntnisse eines Peter Maffay aus dem Fruchtwasser des »Bluegrass-Rock«, appetitlich verfeinert mit einem Schuss »Poser-Metal« und würden letztlich als »Power-Rock« in neue Dimensionen vordringen. Und jene volkstümelnden Musikanten wie zum Beispiel Heino gehören urplötzlich zur »Folkrock-Scene« des »Country-Pop« und deren schlichte Berg- und Tal-Lieder mutieren zu »Traditionals«.

Und das muss doch wirklich nicht sein, oder?

# Die Geschichte über die verschwundene Schallplatte

## Little Feat und »The Last Record Album«

Ein Erinnerungsbuch, das sich um Rockmusik dreht, sollte, so finde ich, dem Leser auch Plattenkritiken offerieren. Ist schließlich immer das erste, was ich mir sofort aus ähnlichen Schmökern heraussuche. Doch das ist gar nicht so leicht, denn: mit wem fang' ich an? Santana? Marillion? King Crimson? Steve Miller? Mit den Avantgardisten oder den Jazzrockern? Mit Singer/Songwritern oder den Elektronikern? Mit Liedermachern wie Reinhard Mey, Schobert & Black? Mit Krautrock?

In meiner Sammlung leben vielleicht eineinhalbtausend Langspielplatten einträchtig nebeneinander und freuen sich gerne auf ihre Einsätze. Doch als ich darüber sinnierte, welche Musik denn nun erwähnenswert sein könnte, war ich völlig aus meinem Rhythmus, war wie hypnotisiert und zog Platte um Platte aus dem Regal.

Guckte zuerst auf die Cover, zum Beispiel auf die, die jahrelang die Grafikfirma Hipgnosis gestaltete. Diese Platten waren nicht nur optisch ein Knaller, sondern auch inhaltlich: »Original Soundtrack« von 10cc (1975), »Going For The One« von Yes (1977), »Elegy« von The Nice (1971), »Tug Of War« von Paul McCartney (1982), »Time Passages« von Al Stewart (1978), alle Pink Floyd-Platten sowieso und und und. Der erste große Stapel. Gut, den könnte ich später sicherlich noch reduzieren.

Nun suchte ich nach musikalischen Gesichtspunkten aus. Die britische Canterbury-Szene war nicht uninteressant. Caravan wäre da zu nennen, mit Platten wie »Cunnings Stunts« und »Blind Dog At St. Dunstans« (1975/1976). Dann Art-Rock von Genesis, Yes, Renaissance. Dann Mittsiebziger New-Wave-Musik von BeBop Deluxe, XTC, Doctors Of Madness. Ach ja, das ist auch nicht schlecht, skurril anmutende Pop-Werke: beispielsweise von der Sadistic Mika Band aus Japan, Split Enz aus Neuseeland, Burnin' Red Ivanhoe aus Dänemark, Bröselmaschine aus Duisburg. Nun hatte ich weitere drei Stapel. Was nehme ich heraus, was nicht?

Ich griff nun blindlings zu: Ich könnte Gentle Giant loben, die Free-Jazz und Madrigale, Rondo- und Ostinato-Formen, Folksong-Harmonien und Blues-Rhythmik mischten und daraus hochkünstlerische Miniaturen und Dramolette schufen. Auch den Österreicher Franz Morak, der Anfang der 80er auf seinen drei Platten so sonderbar-wunderbar, zynisch-böse und hinterfotzig-verschwörerisch gesungene, geflüsterte, geschriene oder gesprochene Texte mit spät-zappaesker Musik unterlegte und den Hörer immer wieder in ein ereignisreiches Wechselbad von heiß und kalt, Kinnhaken und Nackenkraulen dippte.

Stefan Stoppok nuschelte und näselte so schön über Zecher, Zocker und Zukurzgekommene und schenkte uns Verse wie *Du machst mich mein Herz am Klopfen / du treibst mich am Wahn dran / Wenn du nicht bald wiederkommst / leg' ich mich auf den Bahndamm*. Oder auch: *Und wir warten auf Django, dem Rächer der Zecher / die vom Wirt geächtet im Nassen verdursten / Erlöse uns von dem Übel und füll' Bier in unsere Kübel* (aus der 1991er-LP »A'schklar«). Mit der Band The League Of Crafty Guitarists (Robert Fripp plus sechzehn weitere Gitarristen) kombinierte der Brite minimalistische Patterns mit gegenläufigen Melodielinien und klinkte die kleinen kammermusikalischen Kabinettstückchen in vertrackte Rhythmusmuster ein. »Show Of Hands« hieß die Platte des King-Crimson-Chefs 1991.

Neurotisch überbordend überraschte das Debüt »Blitzkrieg« (1971) der deutschen Band Wallenstein. Verantwortlich dafür war Pianist und Keyboarder Jürgen Dollase, der allerdings ab Mitte der 1980er-Jahre der Musik abschwor und zum allseits geachteten Gourmetpapst konvertierte. Somit noch ein Stapel.

Ein weiterer, nunmehr fünfter, häufte sich allmählich an, nämlich der mit den Platten amerikanischer Bands. Die fehlten schließlich noch. Steely Dan mit ihren intellektuellen, trotzdem leichtfüßig dahinhüpfenden Popmelodien, Bruce Springsteen und seine Powersounds, Sealevel mit den groovenden Großstadtklängen, der druckvolle Rock der Good Rats, natürlich auch Zappa und Johnny Winter und der Gute-Laune-Jazz-Funk-Mix von Litttle Feat … Little Feat? … Ach, sieh' mal an: Little Feat, »The Last Record Album« von 1975. Habe ich die Platte gar nicht? Ich ließ die Stapel Stapel sein und blätterte mich erstmal aufmerksam durch meine Sammlung. Nichts.

Dabei war ich mir sicher gewesen, dass sie zwischen David Lindley und Nils Lofgren ihren Platz hatte. Jetzt, wo ich an sie denke, kommt es mir so vor, als hätte ich sie gestern noch gespielt. Komisch, ich habe in den vergangenen Jahrzehnten so häufig den kompakten Sound dieser Platte im Ohr gehabt, dass ich mir stets dachte, ach, lass' mal, nicht schon wieder »The Last Record Album«. Deshalb ist es mir auch gar nicht aufgefallen, dass sie nicht mehr da ist.

Dass ich sie geliebt habe, weiß ich auf jeden Fall. Auch deswegen, weil ich der Meinung war, die letzte Scheibe von Little Feat in Händen zu halten. Man nennt doch eine Platte nicht aus Spaß »The Last Record Album«, oder? Obwohl: beim Songtext *High Roller*, ein Titel, der nicht auf der Platte ist, wurde mit schwarzem Filzschreiber angemerkt, das der vielleicht beim nächsten Mal zu hören sein wird. Woraus aber nicht hervorging, ob und wann das sein würde. Das erinnere ich noch. Auch das Cover – ein riesiger Pudding mit einem Sahneklecks oben drauf, an dem die berühmten Hollywood-Lettern prangen. Und davor eine endlose, menschenleere Straße, auf der Kakteen wachsen, und wo sich die Geschäfte wie in einer Westernkulisse präsentieren: nur Fassaden und nichts dahinter.

Little Feat waren einfach nur gut. Lowell George, der Slide-Gitarrist mit der samtenen bluesigen Stimme, erzählte mit seinen Mannen große Geschichten über kleine Leute, über Liebe, über Unnahbarkeit, über Sehnsüchte. Little Feat kannte ja damals in Deutschland kaum einer. Das ging erst nach dem Rockpalast-Auftritt in Essen, 1977, los. Da hatte ich aber noch diese Platte. Eine Vermutung: Vielleicht ist sie während diverser Umzüge verloren gegangen? Das kann eigentlich nicht sein, denn in solchen Extremsituationen hantiere ich mit meiner Plattensammlung besonders sorgfältig.

Schließlich sind sie alle (die Schlagerplatten aus den 60ern, die ich auch noch besitze, die Sampler, die Klassik-Alben und die knapp 400 Singles) alphabetisch und nach Genre gelistet, und genauso werden sie auch verpackt, und zwar in schlichte Plastikeinkaufstüten, pro Tüte 30 bis 40 Stück (abhängig von der Menge der Doppel-LPs). Bewährt haben sich Aldi-Tüten, da bei denen der Griffbereich besonders verstärkt ist. Die Tüte wird anschließend mit Klebeband verschlossen, nummeriert und beschriftet … aber ich glaube, das führt jetzt zu weit.

Vielleicht hat Martin damals die Platte mitgenommen, als er meinte, er müsse jetzt unbedingt nach Nürnberg und mithelfen, die Szene im und um das Jugendzentrum KOMM politisch aufzumischen. Er wurde, wie man mir später berichtete, dann ein Hardcore-Punk der militanten Art und brauchte in dieser Phase Little Feat sicherlich nicht mehr.

Oder war es Michaela, die heute im Schwäbischen lebt und, obwohl sie Heilpraktikerin ist, sich immer noch nicht so richtig selbst verwirklicht hat. Da kann ihr dann die Platte auch nicht mehr helfen. Möglich ist auch, dass sich Helmut die Platte ausgeliehen hatte, weil er sich die fürs Auto auf Cassette überspielen wollte. Ich habe sie auch mal in seinem Audi gehört, als er mich zu einem Kneipenbummel abholte und ich versäumte es, ihn darauf anzusprechen.

Ulli könnte sie haben. Sie lieh sich gerne mal bei den Leuten ein paar Platten aus, auch Bücher, die man deshalb nie zurückbekam, weil sie die Sachen, wie man später erfuhr, regelmäßig in der Mensa der Universität verkaufte. Irgendwann fehlten ihr die Ausreden, ab dann wurde Ulli in vielen Wohnungen auch nicht mehr gesehen.

Vera hat sie bestimmt nicht. Sie war schon sehr früh frauenbewegt und konnte mit der Musik und mit diesen zum Teil auch noch bärtigen Kerlen überhaupt nichts anfangen. Und mit *Romance Dance*, an den Song erinnere ich mich noch gut, der über eine verschattete Liebe zwischen Mann und Frau berichtet, hatte sie nichts am Hut, der ging ihr wohl rollenmäßig zu weit oder für sie kamen sich die beiden Protagonisten zu nah, ich weiß auch nicht.

Bernd hat sie sicherlich auch nicht, für ihn war Little Feat »unrockig«, wie er oftmals betonte. Der Mann stand auf Ten Years After – im Vertrauen: etwas »unrockigeres« als dieses lahmarschige Bluesrock-Gedudel kann ich mir gar nicht vorstellen.

Jetzt hocke ich hier zwischen meinen fünf Stapeln, aus denen ich für diese Geschichte einige exemplarische Beispiele zusammenstellen wollte, und mache mir Gedanken über eine einzige Platte, die nicht mehr da ist. Schon seltsam, dass ich sie mir nie nachgekauft habe. Es war wohl nicht nötig. Die Musik war ja immer da, im Kopf, auf den Lippen. Würde mir die Platte heute wohl, über 30 Jahre nach ihrer Veröffentlichung, immer noch gefallen? Dazu müsste ich sie mir kaufen. Ob ich dann vielleicht enttäuscht wäre?

Ich frage mich jetzt erstmal, wie ich mit den fünf Plattenstapeln weiter verfahre.

# Wie der Mittelstand rockt

## Roger Chapman arbeitet ohne Pause zwischendurch

Konzertbesuche sind bei mir rar geworden. Aktuelle Bands kenne ich kaum, um mich dafür aufzuraffen. Und Reunion-Konzerte will ich nicht sehen. Als Roger Chapman irgendwann in 2006 in der Bochumer Zeche angekündigt war, blieb ich zunächst skeptisch. Allerdings eher wegen der Soundqualität. Ich kann mich noch an Brian Ferry in der Kölner Sporthalle erinnern – Grauenvoll. Ein konturloses Klanggematsche war das.

Nun ist die Zeche nicht die Sporthalle und Chapmans Musik ist immer noch dem Bluesrock verpflichtet. Rockgitarrenriffs sind erdverbundener, lassen sich klangtechnisch besser im Zaum halten als dutzende von empfindlichen Chipschaltkreis-Eruptionen. Und deshalb sind wir dann doch gegangen. Unterwegs erzählte ich von Chapmans 1981er-Konzert im »Rockpalast«.

Wie er da mit dem Tamburin agierend im Netzhemd und schweißüberströmt die Essener Grugahalle zum Wackeln brachte. Damals mit der Band Shortlist. *Let's Spend The Night Together* … Der pure Wahnsinn. Wie alt mag er heute sein? 65? Ja, so um den Dreh. Und dann erzählte ich noch von meinen schlechten Erfahrungen mit Reunion-Konzerten:

Beispiel I: Eric Burdon & Band, April 1983

… alle Jahre wieder werden Rocklegenden auf Tournee geschickt, wohl um dem zumeist jüngeren Publikum mitzuteilen, wie erregend und revolutionär die damaligen Zeiten waren. Eric Burdon fiel dazu nichts mehr ein und intonierte mit seinen Jungs nichts Neues, nichts Altes, sondern nur einen Langeweiler nach dem anderen und bemühte sich, den einzelnen Stücken weder Ausdruck noch Gefühl zu geben.

Exakte 60 Minuten quälte er den Blues, ohne auch nur einen Höhepunkt zu erreichen. Interessant auch, dass die Band sich auf Zimmerlautstärke geeinigt hatte, nur um ja nicht in Rock'n'Roll Gefilde abschweifen zu müssen – grauslich, zum Kopfschütteln …

Beispiel II: Spencer-Davis-Group, September 1984

… was bezweckt eigentlich dieser gängige und beliebte Unfug mit den »Re-Formationen«? Da lassen Bassist Colin Hodgkinson und Schlagzeuger Pete York, beides fähige und renommierte Instrumentalisten, ihren alten Kumpel Spencer Davis von Los Angeles nach Europa einfliegen, um ihn dann hier, in Deutschland, seine Hits *Keep On Running, Gimme Some Lovin'* oder *I'm A Man* trällern zu lassen. Warum? Liefen Yorks mannigfaltige Musikprojekte so schlecht, dass der Name Davis herhalten muss, um dem Schlagzeuger neue Popularität zu verleihen? Oder brauchte Hodgkinson noch mehr Pressestimmen, die ihn als »Superbassisten« apostrophieren? Er war innovativer Kopf der Band Backdoor, Tourmusiker von Whitesnake und langjähriger Begleiter von Alexis Korner.

Zu Davis selbst gab's nichts zu sagen außer, dass er mal Bandleader seiner eigenen Gruppe war. Nun standen diese drei auf der Bühne und wollten gemeinsam konzertieren. Was passiert? Den Abend teilten sich die zwei Stars York und Hodgkinson, die charmant und witzig musizierten und abwechselnd Begeisterungsstürme beim Publikum entfachten. Ab und an schrummelte Spencer Davis mit verstimmter Gitarre die ein oder andere Nettigkeit dazwischen, dass einem die Lust am Zuhören verging. Ihm selbst musste es wohl auch peinlich gewesen sein, denn im weiteren Verlauf des Abends verhielt er sich ruhig und konzentrierte sich mehr aufs ständige Wechseln der Gitarren. Erweckte Spencer Davis' Tun und Treiben doch den Eindruck, sich für seine eigene Anwesenheit ständig entschuldigen zu müssen …

Beispiel III: The Sweet, Mai 1988

… ich hatte sie nie gemocht, diese vier viel zu hübschen Jungs, die mit sorgfältig dauergewellten und gepflegt geföhnten langen Haaren und mit schockfarbenen, hautengen Glitzeranzügen und ihren hochhackigen Gold- und Silberstiefeln die Herzen der Mädels im Sturm eroberten und uns Jungs immer dumm dastehen ließen.

Brian Connolly, Andy Scott, Steve Priest und Mick Tucker nannten sich The Sweet, und sie sangen mit irre hohen Stimmen und musizierten niedliche zweieinhalb-Minuten-Liedchen im Bubblegum-Rhythmus zum Mitklatschen und Mitträllern, die mehrmals im Jahr die Spitzen der Hitparaden erklommen. Wir Jungs zwischen zehn und vierzehn schüttelten den Kopf und waren mit den Kritikern mal wirklich einer Meinung, dass das hier blöder Kitsch ist, und dass sowas nicht zwischen die Singles von Slade und Rod Stewart und schon gar nicht auf den Plattenteller gehört. Nach dem Split der Band, so um 1976 herum, krähte auch kein Hahn mehr danach und die Welt war wieder in Ordnung.

1988 aber waren sie plötzlich wieder da. Andy Scott und Mick Tucker, die ich kaum wiedererkannte, und zwei, die ich überhaupt nicht kannte, entfesselten plötzlich ein ohrenbetäubendes Heavy-Rock-Spektakel: *Sixteen*, *Action* und *Love Is Like Oxygene*. Zack. Zack. Zack. Das war's an Sweet-Hits. Und ohne einen Blick zurück, stürmten die vier nach vorn, irgendwohin: Machten Druck und Power, machten Mätzchen mit Gitarre und Bass und pumpten mit angestrengter Miene tonnenweise stählerne Töne ins Volk. Und die wollte eigentlich gar keiner hören. Man wollte tanzen und *Funny Funny* mitsingen. Und eigentlich war das alles viel zu laut. So war das bei *Little Willy* nie. Und Brian war nicht dabei. Dabei hatte der den Refrain von *Alexander Graham Bell* so beschwingt gesungen.

Und Andy, der früher immer so lieb lächelte, während er seine Akkorde schlug, guckte jetzt nur noch gelangweilt über seinen Gitarrenhals. Mit diesem nietenbesetzten Leder-Outfit, das alle anhatten, und das sich bei ihm ein wenig zu stramm um die Hüfte spannte, sah er aber auch zu komisch aus. Eigentlich geschah an diesem Abend nichts so, wie's mal war und wie's hätte sein können. Aber eigentlich war's mir auch egal, denn gemocht hatte ich sie ja sowieso noch nie …

Beispiel IV – Eloy, April 1995

… dramatisch dräuende Akkorde werden von vertrackten Rhythmusfiguren umspielt und der Bass bläht diesen matschigen Soundhaufen zu einem vermeintlich majestätischen Klang-Gebirge auf. Und oben drüber schwebt das dürftige Gitarrespiel und der noch dünnere Gesang des Bandleaders Frank Bornemann.

So klangen für mich immer die Platten von Eloy, die sich an Genesis orientierten, an Pink Floyd oder Yes. Sie wollten genauso gut, manchmals sogar besser sein. Sie spielten angestrengt mit dem Tiefsinn, ohne jedoch die Sinntiefe ihrer Vorbilder zu erreichen.

Beim Konzert zum silbernen Jubiläum wurden die Fans eineinhalb Stunden lang bestens bedient. Überwiegend mit den Songs aus den 1980er-Platten, die allerdings ebensowenig inspirierend waren wie die aus den 1970ern. Mit reichlich viel Keyboard-Instrumentarium, Nebelschwaden, klotzigem Doppelbassdrum-Schlagzeug, einem aufwändigen Illuminations-Bogen, zwei bemühten Background-Sängerinnen und einem zweiten Gitarristen fuhr Bornemanns Eloy-Truppe ein wahrhaft schweres Licht- und Sound- und Technik-Geschütz auf, das auf der Bühne kaum Platz fand. Irgendwie war's wie früher: pompös die Fassade, mickrig die Musik …

Dieter war noch nicht mit dem Bier von der Theke zurück, da geht es auch schon los: Ta Ta Ta Tata Taaa – la la lalaaa – *Moth To A Flame* – das Konzert mit Roger Chapman beginnt pünktlich um 20 Uhr und macht sofort eines klar: Chappo fällt natürlich nicht in die Rubrik »Reunion«. Was wir Zuhörer insgeheim natürlich gewusst haben. Aber dass es uns jetzt, hier und heute und an diesem Abend, nochmals deutlich gesagt wird, tut gut.

Kein Netzhemd, kein Tamburin, nur Power pur – der

Mann hat einfach Spaß an der Musik und die Band unterstützt ihn dabei mit großer Freude am Spiel. Man merkt es sofort, Chappo hat mit seinen Shortlist-Jungs (Jungs ist gut, die waren doch alle Anfang 60 oder älter, doch egal …) verschwörerisch gut für ein Gemeinschaftserlebnis geprobt. Sauber, sagt Dieter knapp und nickt anerkennend.

Chappo war nie ein Superstar, der Stadien füllte. Chappo war immer der Mann für die Clubs. Chappo ist nämlich eben so wichtig für den Rock, wie der Mittelstand für die Wirtschaft. Man muss ihn hegen und pflegen und man muss darauf achten, dass er nicht wegbricht. Bei Chappo ist das noch nicht passiert und das wird auch nie passieren, denn seine Musik ist zeitlos, seine Songs sind zeitlos, seine Präsentation ist zeitlos. Und in dem knallvollen Laden lassen sich mindestens drei Generationen im Publikum ausmachen, die nun ebenso verschwörerisch der Musik lauschen und sich von Chappo begeistern lassen.

Chappo arbeitet: die Musik stürmt immer nach vorne, der Sound trifft uns gut, es gibt kaum Pausen zwischen den Stücken. Und eine richtige Pause sowieso nicht. Über zwei Stunden nonstop jagt uns der Brite mit dem ungewöhnlichen Reibe-Röhr-Organ plus Band durch seinen ganz speziellen Bluesrock, spielt vor allem neue Stücke am Anfang, die bekannten in der Mitte und das ganz bekannte ganz am Schluss: *Shadow On The Wall*, ein Mike-Oldfield-Chartbreaker, bei dem Chappo 1983 Gastsänger war.

Dieser Mann da oben, der so unscheinbar und dessen Kunst so unangestrengt wirkt, hat's faustdick hinter den

Ohren. Wegen seine Stimme und seiner Musik, nicht wegen irgendwelcher Skandale, klar. Seit 1966 steht er seinem eigenen Bluesrock-Unternehmen vor, erst mit der Band Family, dann als Band Chapman/Whitney, dann mit der Band Streetwalkers. Als Solist mit der Shortlist-Band gibt's Roger Chapman seit 1979 und seit der LP »Chappo«. Es folgten etliche saugute Platten und Konzerte und er steuerte sein Unternehmen, manchmal auf Sparflamme, manchmal nicht, stets unbeschadet durch alle stilistischen Irrungen und Wirrungen.

Bei Veröffentlichungen oder Konzerten von alt gedienten Rockern schleicht sich immer der Verdacht ein, sie wollen nochmals das Lebensgefühl ihrer und unserer Jugend bemühen. Oder mit dem Lebensgefühl von damals und also mit den alten Songs nochmals abkassieren. Das gab's – siehe vorn – und gibt's ärgerlicherweise natürlich auch. Aber wir wollen ja den Mittelstand stützen. Denn nur dort wird auf traditioneller Grundlage immer wieder Neues ausprobiert. Dafür steht auch die Marke Chappo, dessen Protagonist uns an diesem Abend nicht ein einziges Mal enttäuscht hat.

# Welcome Back My Friends …

## Keith Emerson meldet sich ohne Lake & Palmer zurück

Ich höre sie schon wieder: die »Aufhör'n, Aufhör'n«-Chöre. ELP-Musik? Bah, Bombast-Kitsch …, Synthi-Müll …, intellektuelles Gedröhne … Das hatte ich schon auf dem Schulhof ertragen müssen, wenn wir über unsere Favoriten stritten. Gelacht haben die Miesmacher da, mich verhöhnt. Geprügelt hätte ich mich bald, weil jene beinharten Kollegen nur Uriah Heep oder Alice Cooper etwas abgewinnen konnten oder Wishbone Ash. Mir gefiel die Musik von Emerson, Lake & Palmer immer gut, sie machte mich kribbelig, wühlte mich auf.

Sicher, mit Rock und mit Roll hatte das nicht die Bohne zu tun. Keith Emerson liebte es, klassische Kompositionselemente in seine rocksinfonischen Miniaturen einzubauen, Greg Lake sang dazu sehr sanft, sehr balladesk, zupfte schwierige Bass-Riffs, und Carl Palmer drummte verwegene und gegentaktige Beats dazu. Progressive Musik war das damals, Prog-Rock sagt man heute. ELP passten so perfekt in meine Klangwelt, war ich doch umgeben von der Musik der späten Beatles, von der Musik noch frisch agierender Bands wie Gentle Giant oder Renaissance. Ich will gar nicht näher auf die aufwändigen und spektakulären ELP-Shows eingehen, denn alles das ist sehr lange her, schließlich trennte sich die Supergruppe bereits 1978.

Ich habe allerdings über all die Jahre die Höhen und Tiefen und Umbesetzungen und Solo-Platten und Reunionversuche dieser Band, die sich 1970 gründete, verfolgt, habe mir alle möglichen Bild- und Tonträger – auch die kuriosen: Emerson als Filmkomponist für drittklassige Horror- oder Fantasystreifen als 3er-CD-Set – angeschafft, besorgte mir aus England ELP-Bücher und die Emerson-Biografie »Pictures Of An Exhibitionist« und bin bereits mehrmals der Carl-Palmer-Band (mit dem handwerklich beachtenswerten Gitarristen Paul Bielatowicz) hinterher gefahren, um die von intimer Eleganz gestalteten Clubkonzerte mit ELP-Musik zu erleben.

Ich bin eben ein Fan. Und ich habe mich darüber gefreut, als Keith Emerson im Herbst 2008 endlich wieder mal eine ernstzunehmende Produktion (inklusive DVD) veröffentlichte: »Keith Emerson & Band, Featuring Marc Bonilla«. Fast 52 Minuten lang hören wir eine opulent zubereitete Rockmusik mit schmackhaften Keyboard- und Gitarren-Ingredienzen, die sich als angenehmer Ohrenschmaus entfaltet und die nach dem Genuss kein mentales Völlegefühl hinterlässt.

Die ersten 15 Songs bilden gemeinsam eine Rocksuite mit dem Titel *The House Of Ocean Born Mary*, die weiteren vier Songs (mit *Malambo* aus der »Estancia-Suite« von Ginstera – vom gleichen Komponisten stammte auch aus der 1979er-ELP-Platte »Love Beach« das Stück *Canario*) komprimieren in eigenwillig-eingängiger Weise das, was den intelligenten Art-Rock der 1970er-Jahre spannend machte. Dank Marc Bonilla, dem amerikanischen Gitarristen und Sänger und alles in allem einem eher bodenständigen Musiker, der durch sein rockgrundiertes Spiel den Songs einen knackigen Groove verleiht, konzentriert sich auch Keith Emerson mehr aufs dienliche

Agieren, ohne allerdings seine Vorliebe für vertrackte Melodiegespinste zu vernachlässigen. Komplettiert wird das Line-Up der CD mit Gregg Bissonette (Drums, Percussion) und Bob Birch (Bass).

Keine ELP-Musik, aber eine tolle Scheibe, die mich beim Hören – na klar – auch wieder in die Jugendzeit zurückwarf. Aber nicht ganz so weit zunächst. Der Rücksturz ins ELP-Universum stoppte am 29. April 1992 und katapultierte mich gedanklich in die Eingangshalle des Hamburger Marriot-Hotels. Meine journalistische Arbeit hatte mich hierhin geführt, da in jenem Jahr – nach 14 Jahren Trennung – die Reunion von Keith Emerson, Greg Lake & Carl Palmer anstand. Sie hatten gerade das Album »Black Moon« veröffentlicht und luden nun alle möglichen Musikjournalisten Deutschlands an die Alster ein, um über die ELP-Zukunft und über ihre Europa-Tournee zu parlieren – *Welcome Back My Friends To The Show That Never Ends …*

»Ich glaube, die Zuhörer sind bereit für einen Wandel. Sie wollen wieder originelle Dinge hören«, verriet mir Carl Palmer. »Frisch und spielfreudig ist die Band, und so euphorisch gestimmt, wie damals«, betonte der smarte Brite, der für eine Generation von Drummern ein unumstößliches Vorbild war und jahrelang die Musik-Polls als weltbester Schlagzeuger anführte. »Es wird so sein, wie zu Beginn unserer Karriere. Wir werden kleine Hallen bespielen, damit man uns akustisch und visuell bestmöglich erleben kann. Die Shows werden ein Knüller, denn wir bieten Studioqualität auf der Bühne und versuchen, quadrophonisch zu spielen, wo immer es die Räumlichkeiten erlauben.« Palmer war an diesem

Nachmittag äußerst gut aufgelegt und verbreitete einen angenehm ansteckenden Optimismus.

»Emerson, Lake & Palmer werden natürlich als Trio musizieren und keine zusätzlichen Musiker einsetzen. Dafür benötigen wir allerdings ein Menge neuzeitlicher Technik, um den typischen ELP-Sound realisieren zu können. Wir benutzen das beste aus der Vergangenheit und aus der Gegenwart«, sagte Carl, bekräftigte nebenbei, dass die komplette »Black Moon«-Musik nicht am Computer kreiert wurde, sondern handgemacht sei. »Wir stammen aus der gleichen Zeit wie Jethro Tull und Led Zeppelin. Da setzt man sich zusammen und spielt. Mit neuer Technik kann man zwar bessere Platten machen, doch den Entstehungsprozess der Musik kann man damit nicht vorantreiben«, erläuterte er das Arbeitskonzept. Und er fügte hinzu: »Wir nutzen alle technischen Möglichkeiten voll aus, lassen uns als Spieler von der Technik aber nichts abnehmen.«

Da ist was dran, denn Keith Emerson nutzte seinen riesigen Moog-Synthi nie nur zur reinen und unkontrollierten Effekthascherei. Die feingezwirbelten Tonstränge, die er seiner Elektronik entlockte, fügten sich stets perfekt in die rasant gespielten Akkordfolgen und Melodien ein. Im Konzert hörte sich das natürlich etwas anders an. Da jaulte, quiekte, röhrte es aus den Boxen, da peinigte Emerson den Synthi, bis dieser sich in tosenden Lärmspiralen erbrach. Und auch die Hammond-Orgel musste leiden. Sie wurde geruckt und gerüttelt, umgeworfen, getreten und schließlich gar mit einem Messer traktiert. Diese dramatischen und unberechenbaren Ausbrüche des genialen Keyboarders standen stets im krassen Gegensatz zur feinsinnig komponierten Musik.

»Es war aber keine Form von Gewalt, es war auch nie geplant, es war mehr ein Syndrom der ›destruktiven Kunst‹, die es Ende der 60er-Jahre auch in der Bildhauerei und Malerei gab«, sagte mir anschließend Keith, der sich gern an die rockmusikalische Sturm- und Drangzeit zurückerinnerte, als er mit The Nice tourte, mit Jimi Hendrix jammte und später mit ELP weltweit die Fußballstadien füllte. »Wir wussten ja nie genau, wohin das, was wir machten, uns hinführen würde. Das war spannend und aufregend. Jetzt sind wir zwar erwachsener, sind aber immer noch unbekümmert, gehen nur kalkulierter an die Dinge heran.« Greg Lake traf ich nur flüchtig im Hotelflur, drückte ihm die Hand, und er schenkte mir ein sonores »Hello«. Für ein Gespräch mit ihm war leider keine Zeit mehr.

Die Keith-Emerson-CD läuft immer noch und ich schmunzel darüber, wie ich es mir zum Hören bequem gemacht habe. Nämlich so wie damals: Großes Licht aus, Kerze an, Beine auf den Tisch, Kopf in die Hände. Konzentriertes Zuhören. Einerseits. Aber im Kopf geht's rund wie auf der Kirmes und es knipst sich eine Dia-Show an und zappt mir immer mehr meine ganz eigenen ELP-Ereignisse vors geistige Auge: das Poster in meinem Zimmer mit Keith Emerson im schwarzen Lederoutfit vor seinem Motorflieger; der erboste Finkeldei, der mich wochenlang nervte, bis ich ihm die ELP-Debut-Platte ersetzte, die ich angeblich kaputt gemacht hatte (ich habe sie heute noch: von wegen, kaputt …, das rumpelnde Geräusch am Ende von *The Three Fates/Atropos* ist eine gewollte explosionsartige Eruption, die auf seinem komischen Dual-Kofferplattenspieler allerdings wie ein

Sprung klang); Fotos von Greg Lake beim entspannten Angeln in den Yorkshire-Dales; meinen Kumpel Pippich, der auf der Melodica versuchte, das »Tarkus«-Thema zu spielen; das 1992er-Konzert in Essen, dass die Versprechen von Carl und Keith in keinster Weise einlöste; das viel zu laute Palmer-Schlagzeugsolo im münsterländischen Greven vor vielleicht hundert Zuhörern.

Und plötzlich schieben sich in diese Szenerie Satzfetzen in der Art wie: »Diese Songs sind doch moderne und grenzüberschreitende Klangabenteuer …«, »Die Musik ist ein schlüssig durchdachtes Stil-Konglomerat …« … Kaum zu glauben – ich ertappe mich tatsächlich dabei, wie ich angestrengt nach Argumenten suche, geradeso als müsste ich morgen auf dem Schulhof wiedermal »meine« Musik verteidigen …

# FlapFlapFlapFlap bedeutet: Das ist alles Mist!

## Beobachtungen bei einer Plattenbörse

Ich nenne sie mal Plattenbörse. Denn Platten finden sich hier schließlich in der Überzahl. Obwohl es offiziell CD-, DVD- und Schallplattenbörse heißt. Wegen der Platten kommen aber die meisten. CDs und DVDs kann man schließlich auch im Supermarkt kaufen. Schallplatten dagegen brauchen einen besonderen Raum.

Ganz früher waren das Geschäfte, die »Radio Zerfaß« oder »Musikhaus Kühl« hießen und die meist nur ein geringes Kontingent anboten, das sich an den Hitparaden-Notierungen orientierte, und das sich irgendwo zwischen Schaub-Lorenz-»Schauinsland«-Fernsehapparaten und Graetz-Weltempfängern versteckte. Wer etwas Spezielles suchte, und eine Santana-Platte, als Beispiel »Caravanserai«, war damals schon etwas sehr Spezielles, der musste die Platte bestellen.

Etwas später gab es richtige Plattengeschäfte mit einem richtigen Sortiment zum Selberaussuchen und mit Menschen, die Sachverstand besassen und mindestens einen, wenn nicht sogar fünf Plattenspieler auf der Theke platziert hatten, damit man auch in die gewünschte Platte hineinhören konnte. Solche Läden hießen dann »Alro« oder »Heller & Köster«. Noch später, als es Handelsketten wie »Elpi« oder »Saturn« gab, machte es keinen Spaß mehr, Platten zu kaufen, weil alles zu groß, zu unüberschaubar, zu unpersönlich geworden war. Und man sehnte sich nach den kleinen Fachgeschäften zurück. Doch plötzlich konnte man dort gar keine Platten mehr kaufen, weil es sie einfach nicht mehr gab.

Heute gibt es sie wieder. Aber nur in besonderen Räumen. Plattenbörsen finden immer in irgendwelchen geduckten Nebengelassen von Stadthallen oder Freizeiteinrichtungen statt. Das Sortiment ist natürlich Secondhand-Ware, wobei es durchaus aktuelle Pressungen gibt, und zwar in schwerer 180-Gramm-Qualität, die nicht nur für die DJs bestimmt sind, und die Menschen, die sie verkaufen, haben Sachverstand und mindestens einen Plattenspieler für Hör-Notfälle zur Hand.

Plattenkaufen findet in aller Stille statt. Zu hören ist nur das Flap-Geräusch, wenn jemand die Stapel in den Plattenkästen durchblättert (der Gleichberechtigung halber: bei CDs ist es ein Klack). Ein regelmäßiges Flap, Flap, Flap, Flap bedeutet: noch nichts gefunden! Ein schnelles FlapFlapFlapFlap bedeutet: Das ist alles Mist! Sollten jedoch beim regelmäßigen Flap, Flap oder beim schnellen FlapFlap Flaps ausbleiben, dann ist sicherlich ein Schatz entdeckt worden.

Apropos Schatz. Zu einer Plattenbörse muss man allein gehen. Der Schatz sollte zu Hause bleiben. Außer, er oder sie ist auch interessiert. Wenn nicht, steht der Schatz sowieso nur dumm herum und sorgt für Nervosität beim Börsenbesucher. Dann spürt man Druck, sich beeilen zu müssen, dann schwindet die Konzentration, dann streunt man nur noch hastig an den Kästen entlang, denkt mehr an seinen Schatz, was er oder sie denn gerade da so treibt. Meistens guckt der Schatz gelangweilt zur Decke oder er blättert sich gedankenlos durch fiese Billigangebote oder er steht bereits außerhalb des Eingangs und trinkt Kaffee.

Sowas lenkt den Börsenbesucher ungemein ab. Und er ärgert sich zu recht, weil der Börsenbesucherkollege neben ihm jene berühmte Platte, die in dem schwarzen Cover mit dem Prisma vorne drauf steckt, vor der Nase wegschnappt, nur weil man selbst seinen Schatz im Auge behalten musste. Es sollte doch diese Platte sein, gerade weil das Exemplar hier, an diesem Stand, besonders gut erhalten und zudem noch preiswert ist.

Eine Plattenbörse ist auch nicht dazu da, Freunde zu treffen. Oder Freunde mitzubringen. Es gibt tatsächlich nichts schlimmeres, als freundschaftlich im Pulk zusammenzustehen, möglichst wegversperrend zum Beispiel bei der Abteilung »Progressive 70s/80s«, dabei die Plattenkisten »A-D« und »I-K« komplett verdecken, und dann auch noch situationsfremd zum Beispiel über die technischen Vorteile des gerade neu erworbenen Autos zu schwatzen, wenn hochkonzentrierte Schatzsucher ausgerechnet dazwischen, nämlich bei der Kiste »E-H«, fündig werden wollen. Ein böser Blick ist das mindeste, was den Pulk erwarten darf.

Sich auf einer Plattenbörse mit einem Freund treffen, kommt meistens – wie beim Pulk – aufs gleiche raus. Und wenn nicht, dann sind die Freunde Konkurrenten. Wer sich das antun möchte, bitte sehr.

Ich bevorzuge es nach wie vor, Plattenbörsen im Alleingang zu besuchen. Ich brauche diese stillen Flap, Flaps, ich brauche diese sentimentalen Anflüge, wenn ich eine originale Platte in Händen halte, die ich immer schon mal haben wollte, aber die sich als unbezahlbar erweist, weil beispielsweise die Seriennummer eine Zahl zuviel oder zu wenig hat und das Exemplar deswegen zu einem überaus begehrten Sammlerobjekt geworden ist.

Vor allem aber verzehre ich mich nach verschwörerisch anmutenden Insider-Informationen, die die hohe Wertigkeit einer Veröffentlichung untermauern und damit auch hohe Preise rechtfertigen. »Weißt du, zum Album ‚In Through The Out Door' von Led Zeppelin gibt es sechs verschiedene Sleeve-Varianten, die den Typen in der Bar jeweils aus einem anderen Blickwinkel zeigen. Wenn die Serie unbeschädigt ist, hast du einen Schatz. Wusstest du aber auch, dass sich bei einigen dieser Innencover das Bild färbt, wenn man es anfeuchtet?«

Zur Zeit besitze ich erst eine Ausgabe dieser Platte, deshalb werde ich mich hüten, es ausprobieren.

# Sind nur kleine Planeten

## Ein musikalischer Gedankengang

… und plötzlich merkst du, dass du älter geworden bist …

… weil du dir dein Lebenselixier versagst. Hast zwar immer gedacht, Rockmusik ist das, was dir täglich Kraft gibt. Doch du lernst keine Texte mehr auswendig, du schaltest das Radio nicht mehr ein, bist nicht mehr auf der stundenlangen Suche nach Sendern, die Live-Mitschnitte, Porträts oder Hintergrundberichte präsentieren. Und deine Rock-Scheiben, über die Jahrzehnte liebevoll gesammelt und zigmal gehört, jede einzelne verbindest du mit einer persönlichen Geschichte, jedes Stück mit einer Begebenheit, all diese Schallplatten bleiben unberührt, werden nur noch im Vorbeigehen angeschaut und abgestaubt wie Antiquitäten.

… und plötzlich merkst du, dass du älter geworden bist …

… weil die Kinder deiner Freunde, deiner Familie jetzt in dem Alter sind, in dem du einst die Musik für dich entdecktest. Und die Kids wippen mit coolen Gesten durch die Wohnung, finden deine Musik sowas von steinzeitig und nicht mal mehr oldschoolmäßig interessant. Im Schnelldurchgang hören sie Amy Winehouse oder Joss Stone oder Coldplay. Sie nesteln an ihrem Energy-Drink herum, fläzen sich aufs Sofa, nehmen den Laptop, drehen den Player leiser und zappen sich durch die Musikportale. Verharren nie länger als zwei, drei Minuten, machen dann aus und kramen den i-Pod heraus, lassen die CD im Player einfach weiterlaufen, gehen aus dem Raum.

… und plötzlich merkst du, dass du älter geworden bist …

… weil du dich daran erinnerst, als du damals, so mit 15 oder 16, dir eine Schallplatte gekauft hattest. Und wie sorgsam du damit umgegangen bist, und dass eine neue Schallplatte hören jedesmal damit zu tun hatte, dass du für die nächste Stunde nicht gestört und nur für dich sein wolltest. Wie du sie dir erstmal beguckt und gedreht und daran geschnuppert und du dir die Besetzungsliste eingeprägt und die Titel und Texte durchgelesen hattest. Die Musik erklang zunächst nur in deinem Kopf. Erst dann legtest du die Schallplatte auf: mit ruhiger Hand und viel Liebe, und du hast dich dann lange, lange durch die Titel gehört.

… und plötzlich merkst du, dass du jung geblieben bist …

… weil du plötzlich Musik hörst, die früher nie bei dir auf den Plattenteller gelandet wäre. Frank Sinatra beispielsweise, Billie Holliday, Maria Callas, Symphonien von Sergej Prokofieff oder Dimitri Schostakowitsch oder Modest Mussorgski. Du wiegst dich in elegischen Spannungsbögen, lässt dich von zurückhaltenden Swingrhythmen in Stimmung bringen und amüsierst dich über leichtfertige Melodieabstürze. Und du freust dich, weil du gelernt hast, zu hören. Konzentrierter. Exakter. Intensiver. Und du hörst Dinge, die unter und hinter den Noten lauern, zwischen den Takten versteckt sind. Und du stellst fest, dass Musik mehr ist als nur ein rebellischer Text, ein gänsehautmachendes Riff, ein spannungsgeladener Akkord. Weil The Chemical Brothers, David Coverdale, Carl Orff, Rihanna, Carlos Santana, Queen, Friedrich Smetana, Radiohead, Ralph Towner, Johann Sebastian Bach oder Bon Jovi oder Brian Adams oder John McLaughlin oder Metallica nur kleine Planeten in einem unendlichen Musik-Universum sind, das sich dir erst jetzt langsam erschließt und das du erst jetzt langsam begreifst.